In einer Truhe fand Günter Kunert ein Manuskript, das er vor fast fünfundvierzig Jahren geschrieben hatte – einen Roman, so frech, brisant und »politisch unmöglich«, dass Kunert, der damals noch in der DDR lebte, ihn gar nicht erst einem Verlag vorlegte. »Absolut undruckbar«, wusste er und vergrub das Manuskript so tief in seinem Archiv, dass er selbst es vollkommen vergaß und nur zufällig wiederfand.
Der männliche Protagonist sucht nach einem Geschenk zum vierzigsten Geburtstag seiner Frau; die Auswahl in den Geschäften ist ebenso entmutigend wie seine Einfallslosigkeit, schließlich tauscht er Mark der DDR in Westgeld, um im Intershop einzukaufen, und macht dort unbedachte Bemerkungen. So nimmt eine Tragikomödie um Montaigne, Missverständnisse und Stasi-Tumbheit ihren Lauf.

GÜNTER KUNERT, (1929–2019) reiste 1979 aus der DDR in die Bundesrepublik aus und lebte bis zu seinem Tod in Itzehoe. Für sein außerordentlich vielfältiges und umfangreiches Werk – Gedichte, Essays, Reisebücher, ein Roman, Erzählungen, Kinderbücher, Theaterstücke, Filmdrehbücher – wurde er mit zahlreichen renommierten Preisen ausgezeichnet. Von 2005 bis 2018 war er Präsident des PEN-Zentrums deutschsprachiger Autoren im Ausland.

Günter Kunert

Die zweite Frau

Roman

btb

Für Erika, meine zweite Frau

Straßenzüge: ausgestreckt ins schier Endlose und von einer perspektivischen Geradlinigkeit, die verlockte, sich ihr wandernd hinzugeben, weiter bis in jene verschwimmende Ferne, wo einer optischen Täuschung zufolge die Fassaden einander liebend oder vielleicht auch nur unabsichtlich berührten. Die Häuser, meist aus Backstein, zeigten verschiedene Altersstadien: Kein wirklich jüngeres war unter ihnen. Barthold, mitten auf dem Bürgersteig, wusste: Das war London. Es war immer London. Es war das unermessliche London. Obgleich der Blick sehr weit reichte, durch Straßen und Alleen bis zu Brücken über vermutete Eisenbahngleise, bis zu Unterführungen, Türmen, hügelhaften Anschwellungen mit burgähnlichen Aufbauten, ging das Empfinden der Größe noch über das Sichtbare hinaus: Es verband sich mit der Unendlichkeit der Stadt, wurde selber kosmisch und zu einem Glücksgefühl eigener Art. Schlendern zu einem der kleinen Plätze, mittelalterlich fast, schmale Fassaden, anachronistische Schaufenster, gefüllt mit vielfältigem, buntem, Anziehungskraft ausübendem Kram; unkenntlich, was da angeboten wurde. Erscheinung, die zu bedenken unmöglich wurde; hinter der nächsten Ecke nämlich ging man schon zwischen Ruinen, ausgebrannten Konstruktionen, skelettartigen T-Trägern, seltsam verrenkt, Schutt, Lautlosigkeit, von einem tiefblauen Himmel kontrastiert. Man musste sich beeilen, denn gleich würde ein Luftangriff einsetzen.

Am Horizont schwebten bedrohlich Silbertüpfelchen, von denen man wusste, sie würden in wenigen Augen-

blicken über einem sein. Darum rasch in die erste Tor-
einfahrt, schon Motorgebrumm über dem Kopf, über die
Pflasterung des hohen, halbrunden Gewölbes, wobei die
Sohlen in Leim zu treten und steckenzubleiben schienen.
Es dauerte unendlich lange, um dem Kellereingang nahe-
zukommen und die erste Stufe abwärts zu erreichen; als
gebäre die Kellertreppe noch eine Stufe und noch eine
und immer noch eine, nur damit Barthold nicht die un-
terirdische Sicherheit erreiche. Trotz energischster Bein-
bewegungen und großer Hast war das Vorankommen
zäh und schneckenhaft. Die Eile verband sich mit einem
Zeitlupentempo, wobei aber das Gefühl der Eiligkeit
weiter bestand und verzweifeln machte. So währte es eine
halbe Ewigkeit, bis der bergende Keller betreten wurde,
im Ohr schon den dumpfen Klang von Explosionen.
Ringsum Leute, verschattet, im Halbdunkel versteckt,
unkenntlich. Walter Ulbricht tritt auf Barthold zu und
gibt ihm die Hand, indes Barthold innerlich ganz heiß
vor Verlegenheit und Peinlichkeit wird: Was sollen bloß
die anderen von ihm denken, die denken sich sonst was;
er versucht gar nicht erst, die von partieller Finsternis
versteckten Gesichter anzusehen, er spürt, ohne die
eigenen Augäpfel zu bewegen, ihre Mienen, aus denen
er, ebenfalls ohne die Notwendigkeit des Hinsehens, ihre
Meinung über sich ablesen kann. Die haben immer schon
gewusst, was Barthold für einer ist! Und er stand immer
noch mit der Hand des Staatsratsvorsitzenden in seiner
eigenen da und überlegte, wie er seine Finger rasch und
unauffällig zurückziehen und zugleich den Eindruck
hervorrufen könne, diese Begrüßung sei ein Zufall, besser: ein Irrtum. Dem alten Mann mit dem bekannten
Spitzbart (welchen der wenig einfallsreiche Volksmund

seinem Träger als Spitznamen angehängt hat) zu bedeuten geben, er habe ihn verwechselt. Aber ehe solche Aufklärung stattfinden konnte, erkannte Barthold plötzlich, indem er seinem Gegenüber in die unnatürlich geweiteten Pupillen sah, es müsse vor seinem Eintreten in den Keller Bedrohliches sich begeben haben und er, Barthold, bilde nun unabsichtlich das Hindernis für irgendeinen Walter Ulbricht betreffenden Vorgang. Der bedankte sich jetzt bei ihm für sein Kommen. Er sagte: »Ich wusste es – Sie sind Bart hold!« Auf diese ungewöhnliche Weise erfährt man die vorbestimmende und magische Kraft des eigenen Namens: Bart hold! Das hatte man nun davon. Vick Tor wäre besser gewesen. Oder: Er Ich.

Zu spät. Erneut fielen Bomben, sodass Walter Ulbrichts nächste Worte unverständlich wurden. Die Atmosphäre hier unten war beängstigend, ohne dass man ahnte, aus welchen Gründen.

Drohende, lebensgefährliche Bezüge bestanden zwischen den Anwesenden und dem großen Sohn der Deutschen Arbeiterklasse, aber obschon Barthold jede Regung in seinem Rücken oder zu seinen Seiten genauestens bemerkte, Gesten, von denen nichts Gutes zu erwarten war, Blicke über ihn hinweg und an ihm vorbei, sich über ihn verständigend, auch sein Urteil fällend, ahnte er von den Motiven der Angelegenheit nicht das Geringste. Zunehmende Furcht, dass einem, sobald der Angriff vorübergegangen, etwas Unausdenkbares geschehen möchte, angekündigt vom Näherrücken der Anderen.

Verringerung körperlichen Zwischenraumes, Einbund in den Individual-Raum signalisiert immer Gefahr: Jetzt müsste man aufwachen! Im Krachen berstender Welten, der Schläge aufs Trommelfell: Aufwachen!, mahnte sich

Barthold selber, jetzt wird es kritisch. Mit einem Ruck sprengte er die Einkreisung, stieß in die Luft, vor sich den grauen Heinzelmännchenbart, dazwischen ein quäkender Spalt, aus dem nur noch Unartikuliertes quoll, ich werde niemals erfahren, was er zuletzt sagte, rief, erbat, erflehte.

Erneut das durchdringende Geräusch, als schlüge jemand mit der Axt gegen eine hölzerne Wand, Klangkörper, auf dem man als Fliege hockte, ergriffen und geschüttelt von unerträglichen Schallschwingungen.

Nach dem Lidheben erkannte man im Hintergrund des Gartens ungläubig eine Gestalt, weiblich, unleugbar, die mit einer Axt gegen eine Holzwand losdonnerte. Da schloss man die Augen besser wieder, doch die Gestalt blieb, auch die Axt, auch die hölzerne Wand, nein, die sank jetzt sacht um, der Lärm blieb ebenfalls. Beim Aufrichten im Liegestuhl rutschte die Zeitung vom Bauch und breitete sich über ungepflegtes Gras aus: weiß auf grün, und auf dem Weiß lauter kleine schwarze Zeichen, von denen alles Unheil herrührte. Betrachte ich die heutige Ausgabe dieses Blattes, welches von sich behauptet ein Organ, noch dazu ein zentrales, zu sein, biologisch-medizinische Phraseologie, die zwangsweise etwas wie »Gehirn« imaginieren soll, dabei eher das Gegenteil ist, nämlich unverdauliche Ausscheidung, beglückwünsche ich jedenfalls meine Paläolithikum-Ahnen.

Das wenigstens blieb ihnen erspart. Und auf der Titelseite, man muss nicht hinschauen, um es zu wissen, posiert heute wie gestern wie vorgestern wie morgen und übermorgen und bis zum bitteren Ende, seinem, vor meinem, wie ich hoffe, jene Person, welche mir so angstvoll und hilfesuchend die Hand hinstreckte. Hätte auch Hilfe dringend nötig!

Einer, der alles besser weiß, wie er weiß, oder wie man ihm zu verstehen gegeben hat, kann sich ja den Luxus, irgendwas nicht zu wissen, gar nicht leisten.

Wäre mein prägnantes Antlitz oder eher: Gesicht, weil Antlitz ja etwas ist, das man der Abstraktion vorbehält, damit sie nicht gar so abstrakt erscheint, »Antlitz des Sozialismus« etwa, da steht's in dicker Antiqua, als diese mein Gesicht täglich im Presseerzeugnis, auch ein Wort, das vorgibt, sein Inhalt wäre mehr als potenzielles Klopapier, meine gute Miene mir ergo andauernd aus einem Rahmen von Weltereignissen – Raumfahrt, Vietnamkrieg, Wirtschaftskrise, Freundschaftspakt – entgegensähe, ich hielte mich selber für ein Weltereignis. Oder für den Kaiser von China; wenigstens von *Asia Minor*.

Man kann natürlich nicht der Kaiser von China sein, ohne ein gewisses Unbehagen: vor Usurpatoren, Attentätern, Rebellen, Weltereignissen außerhalb und vor sonstigen Witterungsumschlägen und möglichen Tauwettern; da ist man fast gezwungen, sich in die Träume seiner Untertanen einzuschmuggeln und um Unterstützung und Verständnis zu werben.

Telepathie, ganz klar! Ein parapsychologisches Stoßtruppunternehmen.

Gerade wo die »Freunde« in Leningrad ein derartiges Institut errichten, zwecks Studium besagter Phänomene, und er ist, wie stets, immer der erste am Ball, und sei es ein irrationaler! Aber warum bin ausgerechnet ich erwählt und somit heimgesucht worden?

Oder entstand nur während des Nickerchens ein bisher noch unerforschter Kontakt zwischen dem bedruckten Papier und meiner Ribonukleinsäure, ein Einfluss ungeahnter Art, unbewusste Aufnahme im Schlaf, man soll ja währenddem sogar Sprachen lernen können, aber das ist ein Gebiet, auf das ich mich nicht wage.

»Endlich ausgeschlafen?«, ruft es aus der Gartenecke, die Axt fällt wuchtig und wütend nieder, Holz splittert, man erwidert mit gespielter Überlegenheit: »Ich habe nicht geschlafen, ich habe nachgedacht!«, und erntet nur das bekannte Hohnlachen. Über Wildwuchs von Löwenzahn, Butterblume unserer Kindheit, hinweg, über Ameisen und Marienkäfer mit dem Holzpantoffel, die das für den Schritt des Schicksals oder der Geschichte halten. Auch Ameisen haben nämlich eine Geschichte, und hätten sie außerdem, was ihnen fehlt, ein Zentralorgan, so könnten wir darin einiges über ihre Großbauten, ihre Kämpfe und Siege, Niederlagen und Triumphe lesen.

Ob wir dann nicht mehr auf sie treten würden, ist unentschieden.

Von abgeblühten Fliedersträuchern, Edeldisteln, am unteren Stammteil bereits von Trockenheit lädiert, Johannisbeerzierhölzern, zu ewiger Beerenlosigkeit gezüchtet und verdammt, gegen jede Sicht gedeckt, hat in der Gartenecke scheinbar doch eine Bombe aus dem verlassenen Traum eingeschlagen. Der greise Schuppen, der sein gemütvolles Dasein in dieser Ecke fristete, liegt fast zur Gänze darnieder. Ein Torso. Ein Rumpf. Das Dach – bei Schuppen der Kopf – (Schuppen und Kopf können, wie man merkt, auch eine andere, nämlich bildhafte, Bedeutung besitzen), ist weg, abgehackt, guillotiniert. Die Lattentür aus den Angeln gebrochen, am Boden, ihrer schwerfälligen Beweglichkeit beraubt; auch die Vorderwand perdue, sodass ein offener, wettervergrauter Kastenrest sein Allerinnerstes dem grellen Licht präsentiert.

»Sieht richtig traurig aus; so ausgeschlachtet!«

»Quatsch!«

Du in deinem robusten Unverständnis, das im Verlaufe unserer kurzen Ehe eher angewachsen denn geschwunden ist, was wieder beweist: Kein Mann kann seine Frau zur Einsicht führen; begreift nicht, dass solch alter Schuppen auch nur ein Mensch ist!

»Wolltest du was sagen, nachdem du dich ausgedacht hast?«; dabei eine Hand (die ohne Beil) hinter dem massiven Mittelstück verborgen.

»Ein Sinnbild des menschlichen Seins, wollte ich sagen. Das Alte stürzt, und neues Leben blüht aus den Ruinen.«

»Und wo kommt das her?« Zwei Finger, zwar schmutzige, doch noch deutlicher »spitze«, schwenken etwas vor Bartholds Nase, die den dumpfen Geruch erdiger Aufbewahrung wahrnimmt. Verfärbter Stoff, verschlissene Achselträger, verrostete Schnallen, auch die Haken und Ösen der rückwärtigen Schließe nur noch bräunlich verklumpte Reste. Das Ganze deutet auf ein einstmals umfangreiches Volumen hin.

»Muss vom Land gewesen sein, die Besitzerin! Format neunzehntes Jahrhundert. Als der Liter Milch noch zwei Pfennige kostete oder so ähnlich …«

»Und wie kommt der Büstenhalter in den Schuppen?«, fragt ihre Stimme, in der die Fingerhaltung ins Akustische übersetzt wiederkehrt; wie auf mittelalterlichen Gemälden sich Haltung und Komposition, Farbe und Hintergrund der Bild-Idee unterordnen, etwa die Madonna, die sich unter Assistenz hinweisender Kleiderfalten über das Jesusknäblein beugt, um in gotischer Hand die vergeistigte, recht unsinnige Brust dem eben geborenen Gott darzureichen, genau so oder doch wenigstens ähnlich reckt sich Bartholds Frau Margarete Helene auf einem imaginären Sockel Barthold entgegen, Axt in der Faust, Strähnen halb in der Stirn, rot und erhitzt, die Linke empor mit dem *Corpus delicti*, indessen im Hintergrund die Trümmer ein Gleichnis möglicher Zukunft darstellen wollen.

»Keine Ahnung. Der Schuppen steht, na, sagen wir: stand seit dreißig oder vierzig Jahren hinter dir, bevor du überhaupt vor ihm stehen konntest ... Und wie lange wohnen wir hier im Haus? Drei Jahre höchstens. Haben wir nicht auf dem Boden ein paar alte Bilderrahmen gefunden? Hast du mich der Bekanntschaft mit Rembrandt oder van Gogh verdächtigt? Ohnehin: ich bin nicht ironisch. Ich finde bloß, was du sagst, ist ›Quatsch!‹«

Bartholds Frau, um eine passende Antwort verlegen, darum noch wütender, lässt den Gegenstand sinken, den sie aus einem Hohlraum, fast ein beabsichtigtes Versteck, gezerrt hat, und weicht taktisch zurück, indem sie annähernd träumerisch bemerkt:

»Wo der wohl her sein mag?« Beiseite die Axt, und vorsichtig, als bestünde die Gefahr, eine engere Berührung infizierte sie mit Lepra oder ähnlichem, hält sie das Unding vor den eigenen Oberkörper:

»Der passt beinahe ... Ist aus Taft ...«

»Ballon-Leinen!«, sagt Barthold, hebt betont die Augenbrauen und verzieht den Mund, damit sein Scherz auch ja nicht unbemerkt verhalle. Für ihn hat sich der Fall erledigt: Ein Fundstück aus einer bereits historischen Zeit liegt weit außerhalb seines Interessenbereiches – ja, wäre er aus dem Paläolithikum und das Material Rentierfell, mit Mammutknöchlein verstärkt, Ösen und Haken aus Bein geschnitzt, vielleicht noch bandkeramisches

Muster um die Brustbehälter, dann, ja, dann! So retiriert Barthold zum Liegestuhl, um sich seufzend auszustrecken. Bartholds Lebensgefährtin, wobei keiner weiß, was das Leben noch bringt, hat ihre Überlegungen von dem Büstenhalter noch »nicht freimachen« können; als hätte dieses intime Kleidungsstück die Eigenmächtigkeit, sie innerlich zu umschnüren. Boa constrictor, unter deren Druck seltsame Gedanken vorquellen, derer man sich mit erneuten Axthieben erwehrt: auf das Sinnbild menschlichen Seins. Barthold sieht ihr dabei zu und konstatiert aufs Neue den Altersunterschied; nicht kalendarisch »signifikant«, mehr durch unterschiedliche Erfahrung hervorgerufen: Nur zehn Jahre getrennt, ist man vom anderen schon durch Epochen geschieden. Das war früher anders. Zu viele historische Brüche. Kaiserreich, Erster Weltkrieg, Inflation, Demokratie, Hitler, Nachkrieg, Stalin, Mauerbau, jedes Mal ein anderes Grunderlebnis, jedes Mal eine andere Verwundung. Kopfschuss, Bauchschuss, Tretmine, Gasvergiftung, Granatsplitter; jedem das Seine.

Die Axt reißt lange Spalten in mürbe Bretter: Der Büstenhalter kann auch aus einer zeitlichen Schicht stammen, in welcher sie, Margarete Helene, noch gar nicht vorkommt: aus dem Prä-Margaretentum-Helenum, um mal im Tone ihres Mannes sich auszudrücken; und falls dieses monströse Dingsbumsbums doch schon einmal, als es noch gefüllt gewesen, realen Kontakt mit Bartholds Fingern gehabt hätte? Daktyloskopisch ist an dem Ding Hopfen und Malz verloren; nicht einmal das FBI fände da noch eine auswertbare Spur. Schade, dass eine Sache nicht sprechen kann: da hätte sie ausreichend Unterhaltung; die Fragen gingen ihr nicht aus, keine Sorge. Vorerst und nur probeweise wird das weibliche Unterbekleidungsstück auf den sich häufenden Abfall geworfen, den der alte Schuppen von sich gab; Glasbruch, Blumentöpfe, zinkenlose Harkenrelikte, durchlöcherte Blechkannen, Draht, zart klingende, tote Glühbirnen, Lumpen, Lederriemen, leicht angeschimmelt. Ein Blick hinüber zu Barthold: zwei klobige, durch Längsriefen gekerbte Holzsohlen, dito befleckte Hosenbeine aus Cord, darüber eine weit auseinandergefaltete Zeitung, sodass man den Lesenden, falls er liest, überhaupt nicht sieht, wenn er sich nicht vielmehr versteckt, um vor den Ergebnissen weiterer Ausgrabungen abgeschirmt zu sein.

Hinter dem papiernen Paravent will die Beunruhigung über den Traum nicht weichen; zwar zucken die Augäpfel mechanisch über die Zeilen hin und her, leiten jedoch den Inhalt nicht zum Gehirn weiter, das, indem es ein immaterielles Gebilde wie diesen Traum abwägt und abwiegt, ihm damit ein besonderes Gewicht zugesteht. Ist er ein gutes oder ein schlechtes Omen gewesen? Überhaupt: Omen! Ich bin doch kein Zeitgenosse Cäsars, dass ich an die wirklichkeitsbezogene Deutung dieser Schäume glaube! Aber. Doch. Trotzdem: Wenn auch keinesfalls äußeres Geschehen ankündigend, steckt im Traume mehr, als man im Wachsein meint. Indirekt. Mittelbar. Und insofern zwingt sich mir die Frage auf: Bedeutet mein Traum eine positive oder negative Stellungnahme? Erweist er die Bereitschaft, den permanenten *cover boy* tatsächlich unterstützen zu wollen oder ihn lieber in einer beschämenden Situation zu sehen? War der Traum reaktionär? Feindlich? Menschlich-kritisch? Oder »der Zukunft zugewandt«, wie's im allmitternächtlichen Liede heißt, im Hinblick darauf, dass sogar er einmal abtritt, wenn auch erst *per exitus*? Hat meine, im Allgemeinen zustimmende Haltung zur Gesellschaft sich unbewusst in Verneinung verkehrt, und informiert mich nun im Schlaf mein Über-Ich von dem veränderten Tatbestand? Mein offizielles Bewusstsein scheint mir intakt wie eh und je, bin nach wie vor raschen Reagierens fähig, mich auf neue Situationen handumdrehlich einzustellen, aber es gibt immerhin böse Beispiele, dass diese gewohnte Funktionstüchtigkeit nicht von ewigem Bestand ist. Sobald im seelischen Tiefenbereich rote Lämpchen aufflammen – ach, geschähe das doch nur – kann es schon zu spät sein, analog der Motorkontrollleuchte, deren Aufflammen meldet, der öllos gewordene Antrieb sei gleich hinüber. In den fünfziger Jahren, in der sozialistischen Archaik, begriff ich nicht die Zurückweisung des Unterbewusstseins als bürgerliches Relikt, ja verhöhnte diesen Akt erzwungener Erblindung, heute jedoch verstehe ich die damalige Maßnahme. Schade, dass diese absolut richtige Linie nicht konsequent verfolgt wurde, doch der generelle Rückgang von Verfolgung erlaubte unter der Hand die Rückverwandlung von einst verfemtem Psychologismus zu akzeptierter Psychologie. Dabei fing mit dem Unbewussten das ganze Unheil erst an! Bevor der Begriff aufkam, wiegte man sich in der Sicherheit des Glaubens oder zumindest des Unglaubens, diesem Pendant des ersteren, bloß ab *Sankt Sigismundo*, dem Deus Sexmachina, entpuppte sich innige Hinneigung zu großen Ideen plötzlich und peinlich als Überkompensation des Gegenteils, nämlich als Resultat heimlicher Abwehrreaktion, weshalb der nestbeschmutzerische Zweifel als »kritische Affirmation« sein zersetzendes Werk fortsetzen durfte! Jede Anerkennung der Ehrenrechte für das Bewusstsein! Ohne diesen Wiener Spitzbart (verdammte Fehlleistung!) wäre mein Traum klar und eindeutig: nämlich Zeichen fester Verbundenheit mit dem *Ersten Sekretär* und allem, was er symbolisiert, denn dass er ein Symbol sei, hat er selber durch seine Untersekretäre verbreiten lassen; eine unumstößliche Wahrheit also. Da ist die Parapsychologie viel harmloser als die Psychoanalyse. Mögen noch so viele Gespenster in Europa umgehen, solange dasselbe nur nicht die Einsicht verbreitet, unser Ethos sei mit unseren Geschlechtsteilen kurzgeschlossen. Barthold verabscheute den Gedanken, sein Penis hätte entscheidenden Anteil an den guten Taten für unsere gute Sache, diese wäre nur die Sublimierung jenes Körperteils, das, in der Hose geborgen, vom stumpfwinkligen Dach der Zeitung bedeckt, sich unauffällig befühlen lässt. Selbst nach Überwindung leicht klemmender Knöpfe und direktem Kontakt mit besagtem Objekt, auf das ein leichter, doch rhythmischer Druck ausgeübt wurde, fand Barthold nicht, dass, falls er den Kontakt wieder unterbräche, sich daraus etwas Spirituelles ergeben würde. Da konnte man die Berührung auch fortsetzen. In seinem Blickfeld, verwandelt zur eindimensionalen Kulisse, nichts an Aufmerksamkeit erfordernd, bewegte sich ebenfalls mechanisch Margarete Helene, die namentliche Personalunion von Faust und Homer, mit hoch vorgestreckten Händen der Schuppenwand den letzten Rest gebend, gegen die sich knarrend wehrende Brettererektion drückend. Ihre Beine, bis zu den Knien in schwarzen Wollstrümpfen, bis zu den Knöcheln in abgeschnittenen roten Gummistiefeln, zeigten noch ein gut Stück vom Schenkel. Die ausgereckte Positur zog den staubgemusterten Rock empor, insbesondere hinterwärts, und bot der Vorstellungskraft die Möglichkeit, die massige Linie von der Kniekehle aus weiter nach oben zu verlängern. Der Druckrhythmus beschleunigte sich und verlor die Synchronität mit dem von Margarete Helene auf die knirschende Holzwand ausgeübten, die sich schon dem Fliederstrauch zuneigte, lange und verrostete Nägel aus dem Fundamentrahmen ziehend, wobei diese durchdringend krächzten.

Es entstand die Notwendigkeit, seine Beine ein wenig anzuziehen, um Flattern der Zeitung zu vermeiden. Wachsende Konzentration, der zufolge Umwelt sich auf die Handbreit Fleisch in der Gartenecke reduzierte. Deshalb verzögerte sich auch die Kenntnisnahme einer zweiten Gestalt, die, flächig und langgestreckt, Koffer in der Rechten, neben der Schenkelbesitzerin stand, ausgerechnet jetzt, zu dumm, außerdem schien es der unversehens einfach zwischen den Fliederbüschen Hervorgetretene, durch die Art seines Auftauchens dazu als berechtigt Legitimierte, nicht im geringsten eilig zu haben.

Verdammt noch mal, jetzt redeten die beiden da hinten miteinander, lachten, wandten sich um, in Richtung Haus, vor dem Barthold, im Liegestuhl ruhend, blitzartig die Lider zukniff, um den vorhin abgestrittenen Schlaf vorzutäuschen. Das Gerede der beiden kam näher und näher.

»Jetzt schläft er schon wieder! Er verschläft noch den ganzen lieben Tag!«

»Lassen Sie ihn doch nur, wenn er sich nicht wohlfühlt ... Immerhin ist er krankgeschrieben ...«

»Krankgeschrieben und krank sein sind zweierlei Schuhe!«, gab Margarete Helene zum Besten, was Barthold ärgerte, da es die »kritische Affirmation« seines körperlichen Zustandes voraussetzte. Ihre Lautstärke zwang ihn außerdem, die Lider zu heben. Und zu murmeln:

»Ah, guten Tag, Herr Forster ... Wohin mit dem Koffer?«

»Einen recht schönen guten Tag«, grüßte Herr Forster zurück, wobei er mit bühnenreifer Geschicklichkeit, trickhaft beinahe, weil ja nichts dabei verschwand, das Vulkanfiberkörfferchen aus der Rechten in die Linke hinüberspielte, um den Hut lüften zu können:

»Nach Westberlin, mein Bester! Wollen Sie nicht mitkommen?«

Er hob das Gesicht fast waagerecht zum Himmel und gab ein lautes Lachen in heftigen Stößen von sich, dabei schlug er mit der flachen Hand auf den vermutlich leeren Koffer, der ganz hohl und trommeldumpf antwortete.

»Hier ist noch ein Plätzchen für Sie frei, Sie brauchen sich bloß klein zu machen ...«

Als hätte Barthold nur dieses Zuspruches bedurft, schrumpfte er sogleich zusammen, wenigstens ein Teil von Barthold, was ihn einerseits aufatmen ließ, weil er jetzt notfalls ohne Staunen oder sonst was hervorzurufen aufstehen könnte, andererseits jedoch wurmte, da seine Libido auf das Stichwort des Nachbarn prompt parierte: wie ein Hund, der auf Befehl seinen, Donnerwetternochmal schon wieder; also: gut: eben denselben einzog. Gibt's denn kein unverfänglicheres Wort? Rute macht es auch nicht besser.

»Gute Reise«, knurrte der Hund und fletschte die Zähne, was Freundlichkeit markieren sollte, worauf Margarete Helene meinte:

»Du könntest ruhig aufstehen und Herrn Forster die

Hand geben!« Wenigstens hat sie nicht »Pfote« gesagt. Aber das wollte Barthold keinesfalls tun, denn die Hand konnte man ehestens einem fließenden Wasserhahn anbieten.

»Ich fühle mich heute nicht recht gut ...« Forster erwiderte mit einer annähernd segnenden Armbewegung, Absolution und Verzeihung ausdrückend:

»Bleiben Sie man bloß liegen, mein Bester ... Hauptsache, man ist gesund und die Frau hat Arbeit!« Aufwärtswendung, Gelächter; Barthold verspürt deutlich das Unbehagen an der Kultur, durch die er physisch wehrlos daliegt, statt solchen versteckten Tort auf der Stelle zu rächen.

»Und Arbeit hat sie ja!« Herr Forster sticht mit ungepflegtem Zeigefinger Margarete Helene in die wohlverpackten Rippen, dass sie juchzt:

»Reißt ganz solo Onkel Toms Hütte ab, tüchtig, tüchtig, und baut doch nicht alleine 'ne neue wieder auf!«

»Die Stelle wird umgegraben und bepflanzt!«, erklärt die Destrukteuse: »Mit Rosen!«

»Du bist wie eine Rose, so zart und lieb und rein ...« Der Zeigefinger sticht erneut zu.

»Sie sind doch noch gar nicht Rentner? Wie können Sie denn dann nach Westberlin?« Herrn Forsters Miene, wie nach einem unerwarteten elektrischen Schlag, zeigt Schmerz:

»Ich bin Invalide!« Anklang von Ächzen im Ton: »Vorerst auf ein Jahr, dann wird man weitersehen ...« Er senkt den Kopf, die Mundwinkel folgen dem Abwärtstrend der faltigen Züge, doch ehe diese auf dem ihnen möglichen untersten Punkt anlangen, ordnet die Gesichtsmuskulatur den Gegenzug an: Marsch, zu den

Ohren empor! Und während einige gelbliche, archäologisch wertvoll wirkende Zähne entblößt werden, entfährt es dem Mund gutmütig:

»Haben Sie denn keine anständige Krankheit?«

»Vegetative Dystonie«, erklärt Margarete Helene, wobei ihr Kopf erst auf die linke, dann auf die rechte Schulter sinkt: Manifestation ihrer Skepsis.

»Das reicht nicht aus«, sprach Forster und lächelte still: »Da muss ich Ihnen ein ›Ungenügend‹ verpassen!«

»Was für ein Leiden haben denn Sie?«, erkundigte sich Barthold und zog ganz unschuldig die Hand unter der Zeitung hervor, um sich am Nasenflügel zu kratzen und zugleich den Trocknungsprozess, der fast abgeschlossen war, zu kontrollieren.

»Ich?«, fragte Herr Forster erstaunt, als wäre Barthold der einzige Unwissende, und schrie, glücklich über den Einfall: »Staatsgeheimnis!« Befriedigt sah er, wie Margarete und ihr Mann den Mund zum Lächeln verzogen.

»Na, dann: Gute Reise!« Herr Forster klopfte auf seinen Koffer: »Soll ich Ihnen was dringend Benötigtes mitbringen? Dichtungsringe für den Wasserhahn? Haarnadeln für die gnädige Frau? Oder einen Mercedes dreihundert?«

Wieder schallte es los, ward von der Hauswand reflektiert, traf von vorn Bartholds Kopf, traf von hinten Bartholds Kopf, ein stereophonisches Gelächter, das nicht zum Aushalten war und Barthold in Versuchung führte, Forsters Invalidität sogleich mit jener bekannten Geste zu diagnostizieren, welche unter Autofahrern als »Gruß« gilt. Forster beugte sich über den Wehrlosen und flüsterte:

»Ich bringe was für uns Männer mit, das steck' ich mir unters Hemd, Sie werden schon sehen ...« Er zwinkerte wie erblindend, nahm die nun ungehemmt dargereichte Hand Bartholds in die seine und verabschiedete sich:

»Bleiben Sie liegen, mein Bester, Ihre Frau bringt mich schon um die Ecke!« Er verschwand kichernd, begleitet von Margarete Helene, hinter dem Haus, und hörte nicht mehr, dass Barthold gedämpft hinterherrief:

»Picanthropus!«

II

Würde man Barthold fragen, was eigentlich für seine Lebensumstände am typischsten wäre, müsste er nach längerem Überlegen, nötig, die Gewöhnung an ebendiese Umstände durchbrechen und ihre Besonderheit erkennen zu können, das Warten in allen seinen Erscheinungsformen nennen. Vom simplen Harren in konkreter Einkaufsschlange auf Bedienung sowie dem gleichen, doch abstrakteren Warten auf einer Liste mit Konsumgütern gehobenen Bedarfs, zu den höheren Ebenen der Erwartung verbesserter Arbeitsbedingungen, Prämien, Gehaltsaufbesserungen bis zu gesteigerten Formen, in denen das Warten zum Hoffen wurde, wodurch die individuellen Ziele zu allgemeinen erweitert wurden: man ein größeres Maß an Freiheit, Gleichheit, Brüderlichkeit zu erhalten gedenkt, doch in diesem umfänglicheren Bereich ähnlich oder ganz genauso versorgt wird wie im Konsum-

Laden, und die Ecke, wo das Bier entweder vor Bartholds Erscheinen ausverkauft ist oder erst noch kommen soll, das Weißbrot überhaupt wieder mal ausblieb und die ungarische Salami, ein legendäres Genussmittel, an eine kleine Gruppe privilegierter Kunden heimlich verteilt wurde. Unter solchen Umständen trösten sich manche Leute mit dem gerahmten Spruch in ihrem Wohnzimmer: »Die Hälfte seines Lebens / Wartet der Mensch vergebens!«, oder aber, wie Barthold, tragen sie in einer Aktentasche eine halbe Bibliothek mit sich herum: Wenn sie schon um das einzige Wesentliche, das sie besitzen, bestohlen werden, um Daseinsdauer nämlich, wollen sie die Verluste wenigstens so klein wie möglich halten.

In Leserbriefen forderten Bürger, man möge beispielsweise während des Anstehens in Fleischereien Vorträge über die Mitteleuropäische Tierwelt halten oder zumindest Ratschläge für gesunde Mahlzeiten erteilen; im Fachblatt für Gesundheitswesen ist erwogen worden, ob man nicht in den Wartezimmern der Staatlichen Arztpraxen Beratungsstellen über interessierende Fragen wie etwa Selbst-Therapie einrichten sollte, um erstens die behandelnden Mediziner zu entlasten und zweitens jedem die Möglichkeit zu geben, sich unter Anleitung selber zu kurieren. Solange das jedoch noch nicht erreicht ist, liest man eben: wie Barthold, zu einer Zwischenkontrolle seiner »Vegetativen Dystonie« bestellt, und nun, ungestört von Husten, Hüsteln, Räuspern, Schneuzen, Stuhlbeinscharren, Geflüster, Zeitungsgeblätter, gedämpftem Straßenlärm, über die neuesten Ergebnisse der Luftbild-Archäologie gebeugt. Phantastisch, dass man aus einer gewissen Höhe Erkenntnisse gewinnt, die unten nie zu ernten sind!

Eine Verfärbung des pflanzlichen Bewuchses, eine schwache Absenkung des Bodens anstelle völlig verschwundenen Mauerwerkes, ergibt ineinandergeschachtelte Rechtecke und Quadrate einstiger Bauten. Ausgehend von den zur Illustration der Methode abgedruckten Fotos, bieten sich Barthold gewisse philosophische Spekulationen an: Beweisen die Bilder nicht exakt die These, dass die Negation einer Sache diese selber enthält und aufbewahrt? Kann man eigentlich die Spuren der Vergangenheit »rein wissenschaftlich« betrachten? Es gibt doch gar keine »reine« Wissenschaft, nur der Grad ihrer Verschmutzung mit Ideologie, Glaubensgrundsätzen, Vorurteilen, fragwürdigen Interessen – eben mit menschlicher Beschränktheit – schwankt und ist nur selten genau messbar. Früh- und Vorgeschichte: Mich hat doch nicht die Abschlagetechnik bei der Faustkeilherstellung als solche interessiert; nicht der konkrete Gegenstand an sich, sondern sein unsichtbarer Begleitumstand. Dass vor zehn-, vor fünfzehntausend Jahren ihn ein anderer Barthold in der Hand gehabt hat, die Glätte der kantigen, splittrigen Flächen fühlend, und wie nach einer Weile in der Umklammerung das keilförmige Stück sich erwärmte. Ich kann davon nicht absehen oder solche Gedanken beiseitelassen und ausschließlich einen toten Gegenstand in einen chronologischen und geographischen Zusammenhang einordnen. Das allein wäre unbefriedigend; für mich stellt der bearbeitete Brocken die Verbindung her, über unbegreifliche Zeiträume hinweg, zu einem »Damals«, von dem uns leblos-akademische Zeichnungen untalentierter Illustratoren einen Eindruck zu vermitteln suchen, der gar nicht zu vermitteln ist. Falls in ferner Zukunft irgendwer Bilder von uns finden sollte, was schon könnte er daraus entnehmen? Dass wir in Häusern lebten, pferdlose Wagen fuhren, Hüte trugen und manchmal Helme. Auch von unserem wahren Wesen würde der künftige Betrachter nichts erfahren. Wie es in Wirklichkeit gewesen ist, im vorgeschichtlichen Dämmerlicht, ahnt niemand, wobei fraglich erscheint, ob es sich de facto um Dämmerlicht gehandelt und nicht ausschließlich unsere geringe Kenntnis des Gewesenen diese Formulierung geprägt hat. Was für eine Borniertheit, unseren individuellen Mangel zum Maßstab zu erheben: bloß weil wir etwas nicht erkennen, reden wir von Finsternis! Als das monotone »der Nächste bitte!« ertönt, vergehen einige Augenblicke, ehe Barthold aus dem Mesolithikum zurück ist und inmitten leidender Gestalten Umschau hält, wer wohl der nächste Patient sei, bis er merkt, dass keiner aufsteht, dass die Aufforderung ihm gelten könne. Verlegen die Bücher zusammengerafft und eilig dem Ruf nachgekommen, während Margarete Helene daheim noch aufräumt: Ihr vierzigster Geburtstag steht ins Haus, darinnen die Fenster geputzt, die Gardinen gewaschen, die Böden geschrubbt, die Teppiche geklopft werden müssen. Besondere Daten fordern besondere Ordnung. Längst ist der Schuppen liquidiert und vergessen; seine Bestandteile hat Barthold an der Hauswand aufgestapelt: für Feuerholz im Winter. Nur der festgestampfte Lehmboden, gelbliches Quadrat im Grünen, ist noch umzugraben, pflanzbereit zu machen; die einstige Existenz des Schuppens wäre nur aus mehreren hundert Metern Höhe mit Spezialfotografie nachzuweisen: Dergleichen Forschung interessiert weder die Archäologen noch Margarete Helene, die, nachdem sie in allen Zimmern die Gardinen abgehakt, dies als letztes in Bartholds Arbeitszimmer vornimmt: Wie ganz anders der Raum wirkt, viel heller und ungemütlicher. Geradezu nackt! Und bei diesem Stichwort, indessen sie sich über das Bündel Tüllgeknüll beugt, stellen sich unbewusst Kontakte zwischen Hirnzellen her, leiten bio-elektrische Ströme Reize weiter, daraus ein Büstenhalter Bildnis wird: vom Original, das die Müllkippe Schwanebeck bei Berlin auf Nimmerwiedersehen verschlang, insofern unterschieden, als es nicht derart alt und zerfallen erinnert wird, wie es tatsächlich einmal war. Je intensiver Margarete Helene sich das Stück zurückruft, desto neuer wird es. Und wenn Barthold ihn doch dort versteckt hatte? Von wem stammt er? Von einer Vorgängerin? Gibt es möglicherweise von ihr noch mehr Relikte? Ihr Blick durchkreist den Raum wie eine Überwachungskamera im Kaufhaus, die alles »aufnimmt«. Margarete Helene nimmt ebenfalls alles auf, was die vier Wände ihr präsentieren: Bücher, gebundene Zeitschriften, Aktenhefter, Sammelmappen mit Zeitungsausschnitten, Karteikästen, einer offen, seine gelben Karten mit bunten Reitern besteckt, ein Schreibtisch, ein Sessel, abgewetzt, ein Läufer, abgetreten, wir sind wirklich keine reichen Leute, und zwei Blattpflanzen in irdenen Töpfen auf alten Porzellantellerchen. Ein Versteck bemerkt sie nicht, aber das wäre wohl auch keines, entdeckte man es beim ersten Hinsehen. Ein bisschen suchen müsste man schon, wäre das nicht zu unfair. So etwas tut man nicht. Man kramt nicht heimlich in fremden Fächern, mein Kind. Jawohl, Mama, aber Barthold ist kein Fremder. Fremd meint ja auch bloß: nicht dein Eigen, mein Kind! Ja, Mama, aber juristisch gehört einem Ehepaar alles gemeinsam, sodass sein Eigen auch mein Eigen ist, und in meinem Eigen kann ich nach Herzenslust wühlen! Vor solcher Logik verstummt die ohnehin schwache Gegenstimme, und Margarete Helene zieht das oberste Schubfach aus dem Schreibtisch: zum ersten Mal in ihrer Ehe. Vor ihr befinden sich mehrere Bleistifte in unterschiedlichen Stadien des Verbrauchtseins; ein Anspitzer in Globus-Form, anstelle der Antarktis ein winziger nach innen gerichteter Trichter; Büroklammern, zwei Schlüssel, vermutlich von Zimmertüren; Schreibpapier; ein Oberhemdenknopf, den sie schon lange gesucht hatte: Na, also, das legitimiert solche Suche eindeutig; Heftklammern; und in den seitlichen Ritzen die übliche Menge undefinierbaren Gekrümels. Nichts sonst.

»Und wie fühlen Sie sich jetzt?« Aus dem gerade über den Kopf zurückgestülpten Hemd wie unter einer dämpfenden Kapuze hervor, beantwortet Barthold die Frage negativ.

»Also nicht besser?«, fragt erneut das junge Gegenüber im ungewohnten Kittel, da dauernd an den Ärmeln und Aufschlägen herumgezupft wird.

»Aber Sie nehmen doch regelmäßig, was ich Ihnen verschrieben habe?« Diese Erkundigung meldet das nahe Ende seines Lateins. Schon schaut er dabei hilflos auf den leeren Notizblock vor sich, auf den keine unsichtbare, doch gütige Fee einen Hinweis schreibt, was man in derartigen unsicheren Fällen noch veranlassen könnte. Warum ist man auch von der Chirurgie zur inneren Medizin hinübergewechselt – da, eine Erleuchtung!

»Wir könnten vielleicht eine Kur beantragen …?«, und dazu ein einladendes Lächeln: Mensch, sag schon ja, das verordne ich nicht jedem, aber dieser Nichtjeder schüttelt den Kopf:

»Wissen Sie, Herr Doktor, die Arbeitsbedingungen, immer in Regen, Wind und Wetter draußen, das Rheuma, klar, habe ich schon lange, bin ja eine ziemliche Zeit dabei, Bandscheiben, die sind ebenfalls stark beeinträchtigt, der Magen, das Herz, dann die Kopfschmerzen: Mein Gott, falls das so weiter geht mit mir ...«

»Beruhigen Sie sich, so schlimm ist das doch nicht, diese Symptome haben doch alle Leute, das können Sie mir glauben. Das ist eine Zeiterscheinung ...«

Was soll man dem noch hinzufügen, wo doch, wie Barthold es Schwarz auf Weiß weiß, Herr Michel de Montaigne vor vierhundert Jahren darüber erschöpfend Auskunft gegeben hat; ja, er könnte dem jungen Arzt ins rosige Gesicht hinein zitieren: »In dem Durcheinander, das bei uns seit dreißig Jahren herrscht, sieht jeder Franzose, in seinem Privatleben wie in der allgemeinen Politik, sich zu jeder Stunde vor die Möglichkeit gestellt, dass sein Schicksal vollständig umschlägt; umso mehr braucht er kräftige, haltbare moralische Stützen für seine Widerstandskraft. Eigentlich sollten wir dem Schicksal dankbar sein, dass wir nicht in eine weiche, schlaffe, faule Zeit hineingeboren sind: jetzt kann mancher Mensch durch sein Unglück eine gewisse Bedeutung erlangen, dem das auf andere Weise nie gelungen wäre!«, doch das würde den minorennen Jünger Aesculaps noch mehr verwirren. Zaghaft setzt er gegen Bartholds schweres Kopfgeschüttel wie einen Beschwörungsspruch die Worte:

»Bad Brambach!«

»Vielleicht«, seufzt Barthold, »nähert man sich bereits der Invalidität ...?«

Aufgeregter Protest der Gegenseite:

»So weit sind Sie noch lange nicht, bleiben Sie vorerst noch eine Woche zu Hause, dann sehen wir weiter ...«

In der untersten Lade der linken Schreibtischseite steckt ganz aufgerichtet und darum vielleicht übersehen hinter einem Schnellhefter eine Ansichtskarte von einer neutralen Waldeslichtung, verblichen mit der Anrede »Lieber Barthold« und der Unterschrift: »Deine Elfi«. Die Mitteilung dazwischen ist kurz: »Wir haben jeden Tag schönes Wetter. Die anderen fragen, wo ich meinen Mann gelassen habe. Das geht die gar nichts an.« Unterschrift. Punkt. Aus. Kurz und knapp und trotzdem rätselhaft. Poststempel: Roggenthin/Mark. Zwar legte Barthold nicht das übliche voreheliche Geständnis über vorangegangene Amouren ab, Beichten dieser Art hatte sie nicht verlangt, er erwähnte auch nur zwei, drei oder gar vier flüchtige Bekanntschaften sexual-hygienischer Natur, unter denen aber, wie Margarete Helene sich nun zu erinnern meinte, sich niemals eine Elfi befunden hatte. Was hieß: »... fragen, wo ich *meinen Mann* gelassen habe ...« – das klang verdächtig, und nicht nur nach großer Intimität, sondern sogar nach einem gewesenen Lebensbund. Der Büstenhalter! Meine Ahnung! Das war Elfis Busen – kein Zweifel!

»Viel frische Luft, Ruhe, leichte Speisen, also ausreichend Obst und Gemüse, und vor allen Dingen: Keinen Ärger!« Als Barthold, ohne seinen Unmut zu verbergen, was eventuell für die fernere Behandlung vernünftiger gewesen wäre, auf den floskelhaften Schluss der Beratung ein »Das sind doch alles utopische Vorschläge!« hervorstößt, setzt die im Hintergrund klappernde Schreibmaschine für einen Moment aus, um mit doppelt heftigem Anschlag fortzulärmen.

»Kommen Sie in der nächsten Woche wieder, ich habe jetzt keine Zeit mehr, es warten Hunderte von Patienten ...«, und blättert schon in einer anderen Krankengeschichte. Barthold kommt sich verhöhnt vor: frische Luft, Obst und Gemüse, keinen Ärger?

»Warum verordnen Sie mir nicht gleich einen Kuraufenthalt in der Schweiz? Das ist so leicht zu erreichen wie die Vermeidung von Ärger! Wo leben Sie denn, Herr?« Und zeitlich synchron mit seinem Faustschlag auf den Schreibtisch, demzufolge die Krankenkartei zuklappt und das Stethoskop herunterfällt, wundert er sich selbst über seine Erregung, für die der Anlass viel zu nichtig gewesen ist, um ihre Heftigkeit erklären zu können. Die Schreibmaschine schweigt endgültig und betroffen. Bartholds Gegenüber errötet tief, während sein Patient ihn wild anstiert, die erstarrte Faust noch immer auf der Schreibunterlage, als sollte sie dort künftig als Briefbeschwerer verbleiben. So viel gestaute Aggressivität hätte man dem Patienten nicht zugetraut, machte er doch eher einen phlegmatisch-melancholischen Eindruck, keinen cholerischen. Aber wer besaß heute denn noch genügend Menschenkenntnis; man kannte sich ja selber nicht.

Vielleicht war die erste Diagnose falsch: Der Mann litt an beginnender Schizophrenie, an Spaltungsirresein, lebte in zwei Zuständen zugleich, und falls der Arzt jetzt diese Überlegungen geäußert haben würde, Barthold hätte ihm vermutlich zufrieden zugestimmt: Gespalten kam er sich vor; seine eine Hälfte registrierte ganz kühl und sachlich, auch ein bisschen verwundert, was die andere da anstellte, indem sie heiser rief:

»Wollen Sie mich auf den Arm nehmen? Sie wissen doch genau, was los ist! Ärger vermeiden! Warum verordnen Sie nicht gleich Zyankali!« Zugleich hat Barthold volles Verständnis für den anderen, für dessen Hilflosigkeit angesichts allgegenwärtiger psychosomatischer Anomalität, an der alles ausschließlich medizinische Bemühen zur Kurpfuscherei entartet. Zustände werden nicht mit Pillen kuriert. Darüber hinaus spürt der unbeteiligte Barthold das Mitleid, das dem Berserker Barthold zuteil wird, weil der hier ablädt, was ganz woanders hingehört. Er, der falsche Adressat, schweigt dazu; außerdem wird der Ausbruch in wenigen Minuten vorbei sein. Was der Mensch an Nahrung in sich hineinfrisst, muss ja auch wieder raus, darüber besteht kein amtlicher Zweifel, nur was die Seele an Unverträglichkeiten täglich schlucken muss, das soll sie spurlos verdauen, ohne es ausscheiden zu dürfen. Ganz klar, dass, bei passender Gelegenheit, das große Kotzen anfängt. Merkwürdig, dass solche Symptome nie als Symptome erkannt werden; deshalb redet man ja auch juristisch darum herum. Schon macht sich eine Abschwellung der Stirnadern bemerkbar, ein Absinken der Stimmlage auf die Wellenlänge der Resignation; die Rückzugshaltung drückt sich auch verbal aus:

»Na, ist doch wahr! Was soll denn der ganze Unfug … Da helfen eben keine Tabletten …« Erledigt. Vorbei. Kann abgeheftet werden. Die Sprechstundenhilfe, mit trainiertem Gehör dem Ablauf folgend, hat bereits ein bedrucktes Blättchen ausgefüllt, das sie dem Internisten vorlegt, damit er unterschreibe. Währenddessen wiedervereinigten sich die beiden Barthalde, um in der Sekunde des Dockings Scham und Reue hervorzurufen, von einem Ausmaß, dass für ihr Verschwinden längere Zeit benötigt werden wird.

»Hier, Ihr Rezept, ich habe Ihnen noch ein Beruhigungsmittel dazu geschrieben, Faustan, nicht mehr als zwei am Tag, also bis zum nächsten Dienstag ... Der Nächste bitte, Schwester Anni ...«

Später erst, die Mappe fest an die Seite gepresst, als enthielte sie etwas unendlich Kostbares, etwas, das man nur einmal im Leben erhält, arbeitet Bartholds Kopf daran, das Unbehagen abzustellen und den üblichen Zustand emotionaler Spannungslosigkeit herzustellen. Auf einer lädierten Bank, Geschenk des Magistrats von Groß-Berlin an seine für das und anderes zu Dauerdank aufgeforderten Bürger, versucht Barthold in der ägyptischen Finsternis seines immateriellen Innerns die Gründe für seinen Ausbruch aufzufinden, funkenschlagend erkennt er unverhofft, was er ins tiefste Dunkel abgedrängt zu haben glaubte: Eolithen. Natürlich nicht allein die Eolithen. Der Gründe gibt es viele, so weit das Auge zu schweifen gewillt ist, aber die Eolithen bedeuten einen niemals überwundenen Schlag. Die Reaktion der lieben Kollegen und vorgesetzten Kollegen: eher spöttisch statt verständnisvoll, höhnisch statt tröstend, seinen Irrtum nicht in der Sache suchend, sondern ausschließlich bei ihm. Freilich habe ich mir in meinem naiven Sinn die Mitmenschlichkeit anders gedacht; nicht derart von Konkurrenzneid geprägt. Dass man eines anderen Ansehen herabsetzt, um das eigene zu erhöhen, das war doch für unsere Ordnung nicht vorgesehen. Eolithen! Größere Geister haben sich da täuschen lassen. Und Bartholds Schock war besonders intensiv, weil er, und vielleicht ist er in dieser Hinsicht ebenfalls ein Produkt und Opfer der Gesellschaft, stärker an seine Entdeckung geglaubt hatte, als es sonstwo üblich war. Mitten in der

Mark Brandenburg ein ganzer Acker voller Kleinplastiken: Pferdeköpfe, faustgroße fratzenhafte Schädel, abgeschliffene Idole, steinerne Gesichter und Ritzbilder auf Steinen, alles eigentlich ganz deutlich, betrachtete man sie von der richtigen Seite und fiel das Licht in einem bestimmten Winkel auf die Fundstücke. Noch dazu, wo sich im gleichen Umfeld Tonscherben mesolithischer Herkunft befanden: in Bartholds Bericht über die Ergebnisse der Grabungen sprach sich die Überzeugung aus, die späten Mittelsteinzeitalter der Mark Brandenburg hätten, wie ihre Skulpturen bewiesen, Kontakte mit der im östlichen Mittelmeer bereits stattgefundenen neolithischen Revolution gehabt; vergliche man Ritzzeichnungen und die starke Stilisierung zweier Gesichtersteine mit zeitlich früheren Erzeugnissen im Dreieck Kleinasien, Palästina, Irak, sei der Einfluss unleugbar. Verbindungen jungsteinzeitlicher Kultur vom Orient bis zur Ostsee und England sind verifizierte Tatsachen; Barthold schwelgte in der Vorstellung, dass seine Funde in Bälde zu einer geographisch benannten Leitformation werden könnten, wie das Neanderthal einen Frühmenschen bezeichnet, Aunjetitz in der Tschechoslowakei eine Keramiktechnik oder das Örtchen Le Moustier den Komplex der Feuersteinindustrien der Paläanthropinen. Wandlitz bei Berlin würde zum Namen für die Kleinplastik eines bestimmten Typs, in allen Museen der Welt stünden Wandlitziana, wobei nicht unvermerkt bliebe, dass Barthold der Entdecker dieser Kultur gewesen sei. Plötzlich: alles bloß Eolithen. »Von Witterungseinflüssen und Erosion geformtes Gestein.« Sah aus, als ob, war aber nicht.

Und eines Morgens hatte er auf seinem Schreibtisch im Institut einen Granitbrocken gefunden, Mund, Augen,

Nase kindlich mit dem Filzstift drauf gemalt, darunter ein Zettel mit dem Text: »Dem Entdecker meiner künstlerischen Talente – Mit brüderlichen Schöpfergrüßen – sein Picanthropus!« Das hieß: »Affenmensch.« Die besten Späße sind die anonymen. Solche leidigen Erinnerungen ergaben, dass Margarete Helene ihre Hausarbeit vollbrachte, ohne (wie sonst) durch den immer an störenden Stellen herum sitzenden oder herum kramenden Mitbewohner behindert zu werden. Die Gardinen haben den maschinellen Waschvorgang überstanden, die Scheiben sind geputzt, die Teppiche und Läufer gesaugt, rein mechanisch jedoch und ohne rechte Hingabe immer ein Gespenst namens Elfi neben sich, nebulös bis auf abnorm dicke Brüste, ähnlich jenen der Venus von Dolní Věstonice, die, trotz ihres Alters von sechs- oder siebentausend Jahren, recht pornographisch ausschaut und darum auch als Fotografie im Schreibtisch Bartholds liegt: Leider hat Margarete Helene das Indiz für Elfis sekundäre Geschlechtsmerkmale weggeworfen. Hat nicht sogar Barthold sie dazu angestiftet, den Halter in die Mülltonne zu werfen? Entsprechend der menschlichen Fähigkeit, sich Phantasien als reale Vorkommnisse zu suggerieren, ist die Hausfrau schon halb überzeugt, ihr Mann habe sie aus bestimmten Gründen (hinter die sie noch kommen wird, warte nur!) zur Vernichtung des Beweisstückes veranlasst.

Und jetzt ist es schon nach fünf Uhr, der Geheimniskrämer traf noch immer nicht ein, obwohl er seit dem Vormittag aus dem Hause ist, zum Arzt angeblich, aber das kann ihr keiner einreden, oh nein, selbst unter den bekannten Umständen wäre eine derart lange Wartezeit beim Arzt unausdenkbar: wer weiß, wo er sich aufhält;

als sie sich das fragt und diese Frage mit dem brustmächtigen Gespenst kurzschließt, wird ihr schwach in den Beinen, sodass sie sofort einen Weinbrand, Marke »Herz-Ass«, runterkippen muss und gleich noch einen, da das Flaschenetikett sich ihr als piktogrammatische Warnung darstellt. Aberglaube, dein Name sei Margarete Helene: Ruhe, mein Kind, erst mal hingesetzt und nachgedacht, ob in der Vergangenheit was Besonderes an Barthold auffiele? Nichts. Nichts in der Erinnerung: kein vergleichender Hinweis seinerseits auf andere Frauentypen, kein verlegenes Wort, kein Erröten bei der Erkundigung nach dem Inhalt eines an ihn gerichteten Briefes – keine Spur! »Wo ich meinen Mann gelassen …«, eigenartig: Vor ihrer Heirat war von Witwerschaft oder Geschiedensein keine Rede. Man muss doch auf dem Standesamt bekanntgeben, ob man bereits verheiratet gewesen ist; außerdem steht es im Personalausweis, um es den Heiratsschwindlern schwer zu machen oder warum sonst? Ja, aber »Witwer« steht natürlich nicht drin und »geschieden« auch nicht, und wenn man seinen Personalausweis als verloren meldet (jedenfalls als Herr der Schöpfung!), erhält man nach der Scheidung einen, in welchem man unschuldig als geborener Junggeselle fungiert. Diese zweite Schlussfolgerung zieht einen erneuten Weinbrand nach sich. Der Kerl kann verwitwet, geschieden oder sonst was sein, und ich ahne es nicht! Und jetzt klappert auch noch sein Schlüsselbund im Schloss, Hunger wird er verkünden, Durst, alle Bedürfnisse runterbeten: Ja, ich setze schon Teewasser auf, ja, ich schneide schon Brot, ja, ich zieh' mir schon den Schlüpfer aus, mit was für einer Selbstverständlichkeit eine Reihe von Dienstleistungen erwartet, aber nicht entlohnt wird, ist phantastisch! Guten Abend, mein Schatz, du kommst so spät, wie war's denn, was sagt der Onkel Doktor, möchtest du auch einen Weinbrand, hier, »Trinken Sie das, das wird Ihnen guttun«, wie der Kommissar im Fernsehkrimi immer zu einem Niedergeschlagenen sagt, ihm ein Gläschen reichend: ist eben gut gegen Niedergeschlagenheit, was, Barthold?

Beim Geräusch des Türaufschließens, Bartholdscher Schritte in der Diele, die Entschlussfassung: die alltägliche Rolle »Hausfrau« wie bisher weiterspielen. Keine Erwähnung Elfis, keine Aushorch-Versuche, aber: wachsam sein, scharf hinhören, scharf beobachten! Jetzt, wo sie verdachtsvoll ist, fallen ihr vielleicht Redewendungen Bartholds oder irgendetwas in seinem Benehmen auf, was ihr vordem in totaler Vertrauensseligkeit entgangen ist. Küsschen auf die Wange, »Was sagt der Arzt, Barthold?«, und Barthold, in der Sicherheit des gewohnten Platzes am Tisch, umgeben vom fiktiven Schutz seiner vier farbbedürftigen Küchenwände, gibt seine Ansicht von der Medizin, insbesondere von den Medizinern, zum Besten:

»So'n frisch gebackener Menschenklempner kann nicht zwischen Pickel und Pykniker unterscheiden! Beängstigend, sage ich dir, beängstigend. Man fürchtet sich, seine Leiden zu bekennen, weil man nicht weiß, ob sie nicht durch Fehlbehandlung verschlimmert werden. Mein ohnehin geringes Zutrauen zur Medizin ist wieder um ein paar Grade gesunken.« Vor seinem mokanten Angesicht erscheinen Brot und Butter, Käse und Wurst, Brettchen und Messer, Tasse und Untertasse und zuletzt die Kanne Tee, aus der ihm die »Hausfrau«, an seine Seite tretend, einschenkt, sodass der »Hausherr« mühelos und wie zufällig die Hand sinken lassen und sie unter ihrem

Hauskittel wieder heben kann: Feststellung erfreulicher Wärme, Glätte der Haut, saftige Konsistenz, Muskeln und Fett in idealer Verbindung, unter Druck angenehm nachgebend, um beim Nachlassen erneut die pralle Rundung zu bilden; zwischendurch, und zwar, wo die konkaven Flächen sich urplötzlich überschlagend in Klüfte einwölben, verliert sich die Glätte, macht Behaarung Platz, deren Dichte zum Zentrum hin zunimmt, um in demselben jedoch abrupt aufzuhören und rau von eher lappiger Feuchtigkeit abgelöst zu werden.

Betastungen wie diese gehören ebenfalls zur Gewohnheit; eine fast rituelle Handlung, ihr Ursprung im Dunkel des Vergessens: Hat Barthold nicht vor Jahren damit angefangen, per Zufall, bei Sommerhitze, und dann erbeten oder sogar gefordert, ihm auch zu anderen Jahreszeiten diesen Zugang zu gestatten, Ablenkung von den heimgebrachten Alltagsproblemen, Flucht aus der Gegenwart mittels des Zeigefingers, über das sensorische Nervensystem hinweg in die Freiheit der Reduktion auf den biologischen Faktor. Es dauert nur einen Moment, dann sitzt sie ihm gegenüber, trinkt ihren Tee, redet davon, dass sie morgen mit dem Umgraben anfangen müsse, es naht der Herbst, der Boden muss vorbereitet sein, die festgestampfte Erde, für den Spaten zu hart, erfordere gewaltsames Aufhacken, plappert mechanisch fort, wovon Barthold, in Gedanken noch beim Arzt, in Triumphatorpose jedoch, dem jungen Mann die Gummischläuche des Stethoskops mit einem »Das passt besser zu dir, Bubi!« um den Hals knüpfend, schmunzelnd, vom Brot abbeißend, verzögert Kenntnis nimmt. Nach gewisser Ehedauer lernt man das Verhalten des Partners »im Schlafe« auswendig; ein Studium der Werke des Nobelpreisträgers Konrad Lorenz erübrigt sich: Nicht nur Kampffische und Graugänse kündigen den Angriff vorher an, wobei oft eine Winzigkeit, eine falsche Bewegung, genügt, um ihn auszulösen. Wer denkt denn, dass er auf die Frage: »Ist irgendetwas nicht in Ordnung, Liebling?« von einer Furie überfallen wird, deren Ähnlichkeit mit der »Hausfrau« rein zufällig ist: »Wer ist Elfi?«

Alle guten Vorsätze verpuffen in dem einen Satz. Eine wilde Woge von Eifersucht, wütender Neugier, Zorn auf des anderen ruhiges Dasitzen schwemmt Margarete Helene davon, treibt sie von Barthold immer weiter weg, der durch die wachsende, wenn auch nur innere Entfernung immer unerkennbarer wird. Ihn jedoch begünstigt der winzige Zufall, dass er vor der unerwarteten emotionalen Explosion vom Wurstbrot abbiss, jetzt den Mund voll hat und nicht antworten, dafür blitzschnell überlegen kann. (Ein Glück, dass man nicht mit dem Gehirn sein Abendbrot zu sich nimmt: Schön hilflos stände respektive: säße ich da! Erstmal Zeit gewinnen: Zeitgewinn ist alles, sagte der General und rannte davon.)

»Elfi? Was, was für eine Elfi?« 'tschuldige, weil ihm ein durchweichter Krümel aus dem Mund auf das Wachstuch fiel. Diese Gleichgültigkeit und Rückfrage, die völlige Unkenntnis impliziert, welche durch Beweise widerlegbar, also: Lüge ist, bringt die besser Unterrichtete zur Raserei:

»Die dir aus der Sächsischen Schweiz geschrieben hat, du Lügner! Die dir geschrieben hat, du wärst ihr Mann, hast du verstanden?! Jahaha: Ich habe die Karte in deinem Versteck gefunden! Das hättest du nicht gedacht, was? Jetzt ist mir auch klar, woher der Büstenhalter stammt, an dem du so geflissentlich vorbeigeredet hast!« Trotz allergrößter Anstrengungen Bartholds, den Happen noch ein Weilchen zu bearbeiten, die Speiseröhrenpassform nicht allzu bald zu vollenden, man kann ihn ja nicht die nächsten Tage im Mund behalten und sich mittels ungenauer Gesten und gemurmelter Wortbrocken auf Sprechunfähigkeit berufen, muss man ihn irgendwann untersuchen; er stellt sich danach doof:

»Ach, die – die Elli meinst du?! Das war doch lange vor deiner Zeit ...«

»Elfi – nicht Elli! Ell wie L und Fi wie Vieh. Der Name sagt wohl alles!« Und weil der Präventivschlag bekanntlicher Weise die bevorzugte Verteidigungsart auch schon im deutschen Sprichwort ist, hält sich der Taktiker daran:

»Was suchst du überhaupt in meinem Schreibtisch, hm? Krame ich vielleicht in deinen Sachen? Suche ich vielleicht unter deinen Miederwaren und anderem Kram, ob du da was versteckst? Geld oder Geheimnisse oder alte Briefe von deinen Ehemaligen, von diesem Heinrich vielleicht, der dir immer so »innig« und in »nie erkaltender Verehrung« schrieb?

»Mach dich nur lustig über andere, für die eine Frau eben mehr ist ... Du könntest mir auch mal die Hand küssen, anstatt ... Lenk bloß nicht ab: Sag mir lieber, warum du die Postkarte von dieser Elfi so sorgsam aufgehoben hast! Erklär' mir das mal, ja? Und auch, warum sie von dir als ihrem Mann schreibt! Und da willst du dich nicht erinnern – dass ich nicht lache!« Und gibt auch, um ihre Behauptung zu erhärten, Laute von sich, die beim besten Willen eher an eine aufgeregte Hyäne in der Wüste gemahnen, heiser, abgehackt, drohend.

»Na gut, wenn du es unbedingt wissen willst ...« (Einwurf: Ja, das will ich, verdammt noch mal, mach nicht so lange Sprüche!) »Also: Elfi ist tot! Sie war die einzige Frau, außer dir natürlich, die mir mehr bedeutet hat als ein oberflächliches Verhältnis. Darum habe ich sie dir verschwiegen, ich wollte dich nicht dadurch kränken, dass mir eine Andere einmal sehr, sehr nahe stand ...« Bester Barthold: so schnell, wie du meinst, löscht man kein frisches Misstrauen aus. Da bleiben nämlich noch gewisse Fragen offen. Auch wenn die Kontroverse vorerst in ruhigere Bahnen gleitet. Der Kollisionskurs selber besteht weiter.

»Und wieso: Mein Mann ...?« Die Pupillen unnatürlich geweitet, trotz des einfallenden letzten Sonnenlichts; ein Strahl langt fast waagerecht vom Horizont her hier an, nur durch eine Baumkrone gefiltert, sodass von ihm eine Ansammlung unregelmäßiger Flecken über dem Herd übrig bleibt: welch ein ungeheurer Aufwand in welch ungeheurer Ferne für diese unerbetene Dekoration. Wenigstens schieben sie die Notwendigkeit des Lampenanknipsens noch hinaus und erlauben den beiden Gesichtern eine erwünschte Geborgenheit. Augen wie eben hat Barthold noch nie vordem gesehen; fast wie im Märchen vom »Feuerzeug«: Augen wie Suppenteller, wie Wagenräder, wie Türme. Enorm jedenfalls.

»Warst du ... Warst du schon einmal verheiratet?« Auf den Suppentellern oder Wagenrädern kondensiert ein glänzender Niederschlag, obwohl die Küchenluft staubtrocken ist:

»Nicht, dass ich es dir übelnehme ... Was gewesen ist, ist gewesen. Nur der Vertrauensbruch, verstehst du, dass du mich getäuscht hast ...«

»Ich dich getäuscht? Dass ich nicht lache!« Und

dem vorhergehenden Hyänenklang folgt jetzt Schakal-
geräusch; seltsam (oder doch gar nicht seltsam), dass
Gelächter sich schwer vortäuschen lässt und eher einen
unangenehmen als einen glaubhaften Eindruck erweckt.

»Durch Verschweigen, ja, durch dein Verschweigen.
Man muss nicht jemanden mit Worten betrügen, es geht
auch ohne Worte, ohne Worte wahrscheinlich noch viel
besser ... Du hast selber einmal gesagt, das Verschweigen
der Vergangenheit wäre schlimmer als ihre fehlerhafte
Darstellung ...«

»Da meinte ich aber komplexere Probleme!« Ah: Hier
erkennt der geschulte Rhetoriker die Gelegenheit zum
Einhaken: den archimedischen Punkt, von dem aus das
unangenehme Thema aus den Angeln gehoben und durch
ein unpersönlicheres ersetzt werden kann.

»Ich meinte damals damit allgemeinere Beziehungen,
nämlich dass jede Generation in der Schule, seit dem Aufkommen von Schulen überhaupt, jedes Mal die Historie
anders kennenlernt. Man könnte das eine variable Konstante nennen. Geschichtslosigkeit jedoch ist bitterer,
denn selbst eine wie auch immer theoretisch begründete
Abweichung von den überlieferten Tatsachen ist erträg-
licher als der Bruch der Überlieferung. Der aufmerksame
Studiker von Geschichte entnimmt selbst der obskuren
Darlegung die Wahrheit, nach dem Brechtwort, da in
einem alten chinesischen Kalender steht: Volksfeinde
wurden hingerichtet, was der gewitzte Leser als: Revo-
lutionäre wurden ermordet! zu dechiffrieren verstehe.
Zwischen den Zeilen lässt sich lesen, heißt es, aber was
tun, falls die Seiten leer sind? Mit Sorgfalt ausradiert? Wo
es nicht mal mehr Palimpseste gibt, bleibt die Vergangenheit geheim.«

Und weil Margarete Helene, sobald sich das normale Antworten Bartholds zum Dozieren steigert, und er dabei in einen Zustand von Entrückung gerät, zumindest des Entrücktseins vom Gesprächsgegenstand, weil sie also durch ein Knäuel von Motiven – Stolz auf ihren Mann, seine Intelligenz, seine Überlegenheit, sein Wissen, Angst, die eigene Unbildung aufzudecken, dumm zu erscheinen, Interesse auch am Gehörten – gehindert, sogar gehemmt wird, den Dozenten zu unterbrechen, was diesem nur zu gut bekannt ist, so redet er eben immer weiter und weiter und rettet sich solchermaßen wie Münchhausen durch Ziehen am eigenen Zopf vor dem drohenden Untergang. Unbemerkt bleibt dabei, dass nichts anderes sich ereignet als Vertagung. Der Konflikt, ungelöst, kehrt irgendwann wieder, und zwar inzwischen gewachsen und durch Ausruhen gekräftigt. Nach Schluss seines kleinen Referats trinkt Barthold seine Tasse mit einem Ruck leer, eine abschließende Geste, und meint:

»Eigentlich könnten wir zu Bett gehen.«

»Geh du nur schon, ich wasche noch ab …« Man erhebt sich: sie beginnt abzuräumen, indes Barthold, die Ungunst der Atmosphäre für weitere Handgreiflichkeiten spürend, für einen Moment neben ihr verharrt und mit einem »Also, dann …« und nach einer probeweisen Berührung, der Margarete Helene ausweicht, sich zurückzieht. Sie gestattet sich endlich zu weinen. Dabei hört sie den dumpfen Schritt durchs Haus, hinauf, oben über sich ein Poltern, die Geräuschisolierung taugt auch nichts, und er hat sich mal wieder um jede *klare Stellungnahme* gedrückt, alles mit der linken Hand und nachlässig in ein ihr ungekanntes Gestern abgeschoben, als würde sie sich damit zufriedengeben. Und der fast neue

Büstenhalter? Über den hat man nun gar nicht gesprochen. Und wann war eigentlich die Ansichtskarte abgestempelt? Sie könnte sich mit der flachen, nassen Hand vor die Stirn schlagen: So was zu vergessen! Aus dem Poststempel ginge doch hervor, wann die Karte geschrieben worden ist. Und im Besitz eines festen, unleugbaren Datums könnte man weitere Nachforschungen anstellen. Als sie wissen wollte, ob er schon einmal verehelicht gewesen sei, hat er das Thema gewechselt: Große Liebe – Quatsch! Ist doch sonst nicht so rücksichtsvoll, und plötzlich: sie nicht kränken wollen! Wer das glaubt! – Als hätte er sie nicht schon abertausend Mal willentlich und unwillentlich gekränkt. Als kümmerte ihn überhaupt, was sie empfindet: Davon hat der doch keinen Schimmer, bloß was in der Scheiß-Steinzeit los war, das interessiert ihn und sonst gar nichts! Nein: hinter dem Verschweigen muss noch was anderes stecken. Aber was? Wäre man doch so was wie'n Gedankenleser; aber dann würde man möglicherweise schon wieder geschieden sein.

»Aber«, sagte sie laut, »was nicht ist, kann ja noch werden!«, ordnete Tassen und Teller im Schrank, und fragte sich, ob es denn wirklich wünschenswert sei, die Gedanken anderer genau zu kennen. Das würde vermutlich jedes menschliche Zusammenleben zerstören. Man denkt ja nicht nur Freundliches über andere, im Gegenteil: Entweder denkt man gar nichts über andere oder nur kritisch. Zuletzt wischte sie sich mit einem mäßig feuchten Zipfel des Küchenhandtuchs im Gesicht herum und warf es Abschied nehmend auf den leeren Tisch: Soll es da liegen bleiben und morgen früh Bartholds Ordnungssinn beleidigen? Sonst ist der ja in seiner Erhabenheit unerreichbar! Aufseufzend die Treppe empor:

Im Schlafzimmer brennt nur an ihrer Seite des Doppelbetts die Nachttischlampe, seine nicht mehr; er selbst, das Bettdeck hochgezogen, stellt sich schlafend, schläft tatsächlich, träumt irgendetwas von megalithischen Städten, London, Westberlin, Jericho, lauter örtliche Anlässe für Erlebnisse unterhalb der Bewusstseinsschicht, dieser verinnerlichten, schwer lastenden Grabplatte auf meinem verstorbenen Ich, das nur noch nachts ein wenig in dem fleischernen Gehäuse umhergeistert.

Ersatz-Selbstverwirklichung, ähnlich anderem Ersatz, etwa dem Rum-Aroma oder der Behelfsverpackung, der stellvertretenden Menschengemeinschaft, einer apodiktischen Fiktion, welche etwas ersetzt, das, wie es scheint, auch nur eine gewesen ist, als es mit eindringlich formulierter Flammenschrift in der Dean Street an die brüchige Wand gemalt wurde. Ach, alles Spintisiererei! Die real existierenden Umstände lassen keine Prüfung zu, weder ihrer Realität, noch ihrer Existenz, was nichts als eine Tautologie ist, weil's ja keine irreal existierenden gibt und keine real inexistenten, und daher erscheint die Verdoppelung der Behauptung, als schlüge jemand wegen der Schwäche seiner Argumente zweimal auf den Tisch, damit es überzeugender klingt. Unfug solcher Art wirbelt einem immer durch den schlaflosen Schädel, begleitet vom Rhythmus des eigenen Pulsschlages, den man deutlich im Ohr hat, das Ohr aber nicht aus seiner Lage zu bringen wagt, um nicht neue Diskussionen mit der leise vor sich hin raschelnden Bettnachbarin hervorzurufen. Ausgerechnet: Dass er diese blödsinnige Postkarte übersehen musste, man vergisst eben solche Dinge einfach, und zu befürchten steht nun, man werde die nächsten Wochen »Elfi« aufs Abendbrot geschmiert bekommen.

Ein dringlicher Grund, sich gesundschreiben zu lassen! Das anfangs erwünschte gestörte körperliche Befinden, günstige Gelegenheit, um zu sich selbst zu finden, gewisse Arbeiten und Pläne zu durchdenken, erweist sich nun als Ausgeliefertsein an die häusliche Inquisition. Vermutlich beginnt das nächste Verhör gleich zum Frühstück. Der Arzt muss sofort die Renaissance meiner Arbeitsfähigkeit bescheinigen – aber, verdammt noch mal, bei dem habe ich verschissen bis in die (diesenfalls undefinierte und nur sprichwörtlich zu nehmende) »Steinzeit«. Von allen guten Geistern verlassen, den armen Kerl angepöbelt! Von dem erwarte ruhig das Gegenteil deiner Forderungen. Mit einem bedenklichen Gefühl in der Magengegend vermeint Barthold, eine höhnische Intransigenz voraussetzen zu dürfen, weitere negative Diagnosen, aus denen er (für andere) als labiles menschliches Wrack hervorgeht.

Ich muss mich für mein ungehöriges Benehmen entschuldigen. Selbstkritisch Stellung nehmen. Asche aufs Haupt streuen. Hat man ja alles gelernt und gibt auf leichten Druck von sich, was erwartet und gewünscht wird, täuscht Zerknirschung, Reue und endliche Einsicht vor, stereotype Verhaltensmuster, die dem Schuldbekenntnis in festgelegtem Ablauf zu folgen haben. Nur ein schlechter Archäologe beschränkt sich auf materielle Überbleibsel, ein besserer erkennt in überkommenen Ausdrucksformen Relikte untergegangener gesellschaftlicher Formationen, etwa des real existiert habenden Mittelalters. Die Rolle des geständigen und bußwilligen Sünders: Spiel ich auf Wunsch auf offener Bühne. Ich gebe sogar alles schriftlich, wenn's sein muss. Naklardoch. Ist ja auch wirkungsvoller etwa als Brief: Sehr geehrter

Herr Doktor, wegen der Ihnen unbeabsichtigt zugefügten Beleidigung bitte ich Sie um Entschuldigung; es lag nicht in meiner Absicht, Ihre Fähigkeiten zu bezweifeln, nee, warte mal, formeller: in Zweifel zu ziehen, oder gar: Ihren verantwortungsvollen Dienst am Menschen, den ich sehr hoch einschätze, in Misskredit zu bringen; das macht einen viel zu amtsdeutschen Eindruck, es muss persönlicher formuliert sein: Lieber Herr Doktor, es tut mir leid, dass ich mich in Ihrer Praxis gehenließ; nein, das hört sich nach »hingepisst« an; dass mir der Kragen platzte, war nicht Ihretwegen, manchmal hängt einem eben alles zum Halse raus, was hat man denn schon von seinem bisschen Leben, ist doch von der Wiege bis zur Bahre ein sogenanntes, und wenn es hochkommt, ist es Arbeit und Mühe gewesen und Selbsttäuschung, und glücklich jener, der sie sich aufrecht erhält, das kriegt man manchmal bloß noch mit Schnaps hin, aber so ist es doch, Doktorchen, da reden sie uns ein, wie wichtig wir sind, alles tun sie nur für uns, lesen uns jeden Wunsch von den Augen ab, wir stehen im Mittelpunkt, klingen stolz, sind das Maß aller Dinge und lauter so'n Mistikack, denn im Grunde – und dieses schöne deutsche Wort, in einem tiefen Grunde, charakterisiert nur zu genau unseren wahren Aufenthaltsort – sind wir zur Gänze gar nichts. Ich habe auch eine Meinung zu den Ereignissen in der Welt oder in diesem Vaterland oder dieser Stadt, wenigstens zu den Vorgängen in meinem Ortsteil, aber die ist so wenig äußerbar wie sie, wär sie's, was wandeln würde, und so bitte ich untertänigst, verehrter Herr Professor, um mildernde Umstände, um Gnade, um Invalidität, bloß eine, bei der ich einigermaßen intakt bleibe, um Ruhe, um Nichtbelästigung, wenn Sie verstehen, was ich meine,

meine Ruhe, macht doch alle euren Scheiß ohne mich, ich will da nicht mitscheißen, weder dick noch dünn, mir ist dick egal, mir ist dünn egal, und ob das eine besser stinkt oder das andere, es bleibt doch immer Gestank, und indem sich die Wörter und Gedanken völlig verwirren, logischer Kontrolle sanft entgleiten, verselbstständigte Bruchstücke, immer ferner gerückt, sinkt Barthold tiefer und tiefer in jene Abwesenheit, welche, Bartholds Lieblingsautor zufolge, eine Vorwegnahme des allerletzten und endgültigen Schlafes ist, welche den Zweck hat, den Menschen vorzubereiten und einzuüben. (Diese Erklärung ist zwar unwissenschaftlich, belässt dem Menschen aber freien Willen, weil Vorbereitung und Einübung des Menschen Beteiligung bedürfen: Die szientistische Erklärung hingegen nimmt dem Menschen, wie alle Wissenschaft in ihrem Drang, die materiellen Determinanten aufzudecken, ebendiese Freiheit.) Was jedenfalls abends im Bett, in der Einsamkeit nächtlicher Stunde, bei sinkender rationaler Sperre ein wichtiges, unbedingt durchzuführendes Unternehmen scheint, zeigt sich am Morgen als lächerlicher Einfall, Schnapsidee ohne voran getrunkenen Schnaps, überflüssig und sinnlos, obwohl es noch vor acht Stunden den ganzen Gefühlsbereich ausgefüllt hatte. Mit dem Aufwachen ist die gestrige Absicht verflogen.

Die härteste Erde wird aufgebrochen. Mit der Spitzhacke. Nachdem die breitere Schneidseite bis zur Hälfte in den einstigen Schuppenstrich gefahren ist, gilt es, die Stelle rhythmisch zu lockern und mit einem kräftigen letzten Ruck aus ihrer gleichartigen Umgebung zu hebeln. Danach schlägt die Hacke erneut auf den Grund und Boden ein.

Von dessen Oberfläche steigt ockerfarbener Staub auf und pudert Margarete Helene, was in Wien als öffentlicher Beischlaf mit einem Naturprodukt gälte. (Fünf Jahre schweren Kerkers, verschärft durch eine Dunkelhaft am Tage des Vergehens: Oh, du mein Österreich!) Die irdene Deckschicht ist innerhalb des Rechtecks zu Pulver zerfallen, unter ihr eine verhärtete Schicht, vermutlich durch Feststampfen, vergossene Flüssigkeiten, die der Konsistenz des Grundes mürber Lehmziegel ähnelten. Auch etwas wie Schlacke, mit Asche untermischt, wehrt sich gegen die brachiale Störung, knirschend, brechend das Eindringen der Hackenschneide hemmend. Es macht schon Mühe, der Natur wieder zu ihrem Recht zu verhelfen. Vielmehr Mühe, den ursprünglichen Zustand wiederherzustellen als ihn aufzuheben. Das ist im Kleinen genau nicht anders. Mit dem dicht bestäubten Unterarm trocknet Margarete Helene die Stirn, deren Verschmutzung umgestaltend. Dazu bläst sie mit vorgeschobener Unterlippe eine verselbstständigte Haarsträhne aus dem triefenden Gesicht, schaut blicklos empor, nichts, kein Flugzeug, kein Engel, keine Taube, nur ein paar wie aufgepumpt wirkende Kumuluskissen schweben in der Höhe; verlockende Assoziation: jetzt sich ins Bett legen und schlafen. Tief und fest. Traumlos. Ach, Schlaf ist Luxus geworden, weil man sich zu weit vom Kreatürlichen entfernt hat. Jedes Tier legte unter solchen Umständen die Hacke weg, rollte oder kuschelte sich zusammen, ein Weilchen in der wundervoll wärmenden Herbstsonne sich selber in völliger Abwesenheit zu genießen. Man bekommt sich selber immer am besten, wenn man nicht bei sich ist. In jeder Hinsicht. Selig sind die, die: war'n wahres Wort gewesen, von dem Manne, dessen Namen früher mit Ch. begann und seit der sozialistischen Zeitrechnung verschämt mit Z. Die Sache ist aber dieselbe geblieben. Die Hacke saust, die Erde hat mich wieder: Pflicht, Pflicht! Davon kann man ein Lied singen, vermutlich gibt es sogar eines, komponiert und getextet von Leuten, die vom Pflichtloben leben, und selbstverständlich gut. Schade, dass keine Lieder über das Recht auf ein Recht gedichtet werden. Wohl darum, weil die Schöpfer meinen, dass Pflicht und Recht ohnehin identisch wären, und letzteres in erster aufgegangen. Zum Beispiel: das Recht auf Arbeit, Krach, Bums, Rums, ist eher eine Pflicht, denn wer auf dieses Recht verzichtet, wird per Administration, schlimmstenfalls durch die bekannten grünuniformierten Organe, diesem Recht zugeführt, das sich auf dem Wege dieser Zuführung als Pflicht zu erkennen gibt. And so on. Was man muss, ist doch wohl kaum so zu benennen, wie geschehen, und darum haut man mit erhöhtem Kraftaufwand auf dieses winzige Fleckchen Globus los, als wenn das daran Schuld hätte. Ein dumpfes Geräusch, kaum einige Meter weit vernehmbar. Beim Heraushebeln einer neuen Portion von der letzten Eiszeit übrig gebliebenen Materials ertönt ein leises Knacken. Vermutlich ein begrabener Ast. Oder so. Oder doch nicht: Aus dem Boden ragt weißlich-gelb und wird von Margarete Helenes Dreckpfoten freigelegt und hochgehoben: ein Knochen. Leere, leicht ovale Röhre, an die zwanzig Zentimeter lang, kuglig an ehemaligem Gelenkende, am anderen zersplittert von der Hacke. Sieht nicht nach Geflügel aus, es sei denn, die vorherigen Mieter hätten einen Strauß gehalten. Ziege? Schaf? Rest von einer lebenden Fleischreserve aus Notzeiten? Gar ein Stück Reh? Not kennt kein Gebot, und damals haben die Hungrigen sogar Füchse gegessen, Dachse, Marder, von Igeln, Eichhörnchen, Katzen, Hunden, Pferden, Nachbarn, Verwandten und Bekannten ganz zu schweigen. Margarete Helene, obwohl erst zehn, elf Jahre alt damals, erinnert sich schauriger Geschichten von verspeisten Menschen, und dass ihre eigene Großmutter das Zuteilungsfleisch vom Schlächter höchst misstrauisch zu mustern pflegte, daran roch (Menschenfleisch ist süßlich! Merk dir das, mein Kind!) und insbesondere daran befindliche Knochen auf ihre Gattungsherkunft zu prüfen suchte. »Als der Zoologische Garten in den letzten Kriegstagen zerbombt wurde«, berichtete die Alte der faszinierten Enkelin, »da brachen die Tiere aus, und da haben die Leute von Elefantengulasch gelebt, von gebackenem Krokodil, Tapir-Koteletts, Bären-Klein, Walross-Schnittchen, Affenkeulen!« Ob das wohl wahr und wahrhaftig war, oder nur eine Erfindung, um sich an dem völlig verblüfften Gesichtsausdruck eines Kindes zu weiden, gehört zu den Geheimnissen, welche die Großmutter mit ins Grab genommen hat.

Eigentlich ist es schade, solchen Knochen fortzuwerfen. Wenn man bedenkt, was durch die dauernden Begräbnisse für Material verschwendet wird, das wir auf jeder Ebene beim Aufbau des Sozialismus dringend benötigen, dann muss man sagen: Hier wird mit Rohstoff im komischerweise tatsächlichen Wortsinn »geaast«. Einer der auffälligsten Widersprüche des Systems besteht darin, dass dauernd verschwendet wird. Margarete Helene, pragmatischer Mensch, der sie ist, denkt sich, so ein Knochen mit, sagen wir mal, flüssigem, dann von selbst härtendem Kunststoff getränkt, könnte Versorgungslücken bei Wasser- und anderen Leitungen leicht überwinden helfen. Selbstverpflichtungen wären möglich, sein eigenes Skelett pfleglich zu behandeln und es nach dem Ableben sofort der Volkswirtschaft zur Verfügung zu stellen. »Ein guter Genosse schont seine Knochen!«, wäre endlich mal eine Lösung. Pausenschluss! Hoch die Hacke! Befehl an die bereits müden Arme; Ziehen in der Schultermuskulatur; Schmerzen im Rückgrat beim Aufrichten: Man ist nicht mehr der Jüngste, und nächste Woche werde ich vierzig. So alt wird kein Schwein.

Knirschen und Knacken redivivus: Ob hier 'ne ganze Herde beerdigt wurde, nicht aus religiösen Gründen, gewiss nicht, Ergebnis von Maul- und Klauenseuche? Schafspest?

Ziegenpeter? Erstmal die hinderlichen Überreste freilegen. Wieder kommt ein Knochen ans freundliche Frühherbstlicht: Donnerwetter – ist der lang und stark! Pfui, Teufel. Das sieht nach Mensch aus! Angewidert, als handle es sich um ein frisch exkarniertes Exemplar, lässt die Finderin ihn fallen. Wie kommt so was hier in den Boden? War wenig tief bestattet, höchstens anderthalb Spaten unter N. N. Ein noch zielloser, noch starker Impuls, etwas wie angespannte Neugier, regeneriert die verbrauchte Energie, stärkt die Arme, wie der Matrose Popeye durch Büchsenspinat unversehens zum Kraftpaket ausartet, führt machtvolle Schläge abwärts: Wollen doch mal sehen, ob wir den Kopf finden! Den leg ich Barthold heute Abend, sobald er nach Haus kommt, aufs Kissen, mit Zettel: Küss mich, ich bin dein Steinzeitweib! Und gerade als sie diesen Gedanken dachte, erheitert, die Hacke emporgeschwungen, Modell für ein Werk des Sozialistischen Realismus, betitelt »Zerschmettert dem Imperialismus die Klauen« oder »Zerschlagt die Ketten des unterdrückten Proletariats« (oder wie diese Artefakten sonst benannt sind), die Mundwinkel voller Lächeln über Bartholds pikierte oder sonstwie entgleiste Miene, ereignete sich ein Einfall. Mit der Gewalt eines Stromstoßes. Demzufolge Margarete Helene, wie nach einem echten, gelähmt am Fleck und in besagter Haltung verharrte. Auch das Gesicht noch vom bisherigen Ausdruck besessen, präsentierte diesen aber in törichter Verzerrung, da der schreckliche Einfall ihrem noch bestehenden Lächeln die innere Legitimation entzogen hatte, sodass es nun in Widerspruch zu seiner Trägerin geraten war. Noch hing die Hacke irgendwo da oben in der Luft, wurde jedoch nur schwach von unten gestützt und hatte ihre Schlagkraft völlig verloren. Ein leichter Hauch hätte Margarete Helene umgeworfen, hätte nicht an diesem Tag glücklicherweise, wie häufig an schönen Herbsttagen, absolute Windstille geherrscht. Man konnte den Rauch von einem der Nachbarhäuser lotrecht aufsteigen sehen: Der kocht sich sein Süppchen. Oder verbrennt was. Alles war so friedlich ringsum, nur in der Statue, auf die eine ganze Reihe bekannter Titel gepasst haben würde, raste es, Seelen-Tornado, wild und chaotisch, weil ihr eingefallen war, dass die Knochen, über die Assoziationskette: Steinzeit-Venus von Dolní Věstonice – dicke Titten, Elfi gehören könnten. Er hat sie umgebracht und im Schuppen vergraben! Hacke wie Mundwinkel sanken herab, eine Verbeugung zu den entfleischten Relikten, angeekelte Finger zögerten, griffen zu und führten das bleiche Gebein einer eingehenden Begutachtung zu, wobei an einer inneren Ruhestelle, im Auge des Taifuns, wo immer Reglosigkeit herrscht, klar die Großmutter als Urheber derart lächerlicher Überlegungen rekognosziert ward: Ohne die grauenvollen Mären der Greisin, tief ins junge Gemüt eingesenkt, wäre sie nie auf obskure Ideen wie eben gekommen! Sie versuchte probeweise zu lachen, kontrollierte dabei aus den Augenwinkeln die Umgebung, ob jemand ihre Entdeckung beobachtet hätte. Aus dem Lachen wurde nichts rechtes. Weibliche Hamlet-Variante, nachdenklich über den Rest gebeugt, wies sie die Frage weit von sich, die sie sich zugleich nach dem Verantwortlichen für das Fundstück stellte: Sein oder nicht sein? Scheidung auf italienisch ist doch bei uns unüblich! Es gibt gewiss eine ganz einfache Erklärung für die Knochen im Boden. Überhaupt: dass die von ihrer eigenen Gattung stammen, ist pure Spekulation, ein Ergebnis ihrer heftigen Phantasie und der von gräulichen Geschichten durchwallten Kindheit. Jeder normale Mensch hielte die Knochen für nichts anderes als Suppenreste, weggeschüttet, fliegenfeindlich zugeschippt; sie aber kommt auf derart abstruse Phantasmagorien, dass sie sich dafür schämen müsste, es auch tut, errötet.

Sie warf den Knochen wütend fort und machte sich erneut an die Arbeit. Doch trotz der Mühen der Urbarmachung stiegen aus dem metaphorischen Sumpf ihres Unterbewusstseins, von dem im Allgemeinen Barthold eine gesellschaftliche Emanzipation begrüßt hätte, sogar energisch gefordert, falls er geahnt haben würde, was in seiner Frau vorging, ebenfalls metaphorische Blasen auf, die beim Zerspringen jeweils einen neuen üblen Gedanken entließen. Eine Unruhe breitete sich in Margarete Helene aus, dass davon nicht allein ihr Denken und Fühlen ergriffen wurde, sondern auch ihre Physis. Als tasteten die Finger nur noch nach neuer Phantasie-Nahrung im Boden; die Arme lenkten die Schläge mit der Absicht, eventuelle weitere Funde nicht zu beschädigen; die Füße in den massiven Gummistiefeln bemühten sich um Leichtigkeit, damit nicht zertreten würde, was neue Hinweise ergäbe. Der ganze füllige Körper war angespannt und hatte sich, ohne es zu wissen, in seinen Kontraktionen und Reaktionen einem Ziel untergeordnet. Bis auf die drei, vier unterschiedlich langen Röhrenknochen fand sich nichts mehr in dem Tüpfelchen Planetenkruste. Und Margarete Helene hätte die wenigen Skelettteile, deren zoologische Zugehörigkeit unentschieden blieb, einfach wegwerfen sollen, nur ahnte sie nicht voraus, was sich daraus ergeben sollte; sonst wären die ausgetrockneten biologischen Produkte dahin befördert worden, wo der Büstenhalter weiter verrottete. Etwas hielt sie ab, die hohlen Röhren in die Mülltonne umzubetten; nicht Pietät, nicht Scheu vor der eingebildeten Würde des Todes, symbolisiert in den ollen Knochen; nicht Gespensterfurcht, der einstige Besitzer der Gebeine könne um Mitternacht auftauchen und sein Eigentum zurückfordern, obschon auch die Andeutung solchen Gedankens aus tieferen Schichten, wo der raunenden Großmutter das Grausen von den Lippen troff, aufsteigen wollte und ärgerlich unterdrückt werden musste: eher das hemmende Etwas, jener im ersten Augenblick der Entdeckung stark auflodernde Verdacht, inzwischen verascht, aber selbst in dieser Form noch wirksam. Woher mag stammen, dass man bereit ist, jemanden, den man kennt, nahe kennt, eng kennt, in solchen Augenblicken, die Gott sei Dank nur Augenblicke währen, anzusehen, als kenne man ihn überhaupt nicht.

Sonst gut verborgen, besser sogar als ein hässliches Muttermal, als falsche Zähne und aufrichtige Ansichten:

das Misstrauen; als ob es uns angeboren ist, bereits mit dem Fruchtwasser den Fötus umgibt, durch seine Poren dringt, ihn imprägniert gegen spätere Beziehungen, weil man nie erfährt, aus welchen Gründen sie entstehen. Da muss sich was in die Gene eingeschlichen haben vor Urzeiten, als wir noch in den Höhlen saßen und der liebevolle Blick unseres Nachbarn nicht unserem inneren Wesen, unserem ziemlich unsichtbaren Ich galt, sondern nur unserem Lebendgewicht aus vertilgbarer Substanz.

Alles Quatsch, alles Blödsinn, aber die Knochen hebt sie doch auf, Reflexhandlung, wickelt sie in einen Lumpen und schiebt sie durchs Kellerfenster ins Haus: So installiert man Bomben. Und dies ist eine. Ein Zeitzünder, von dem einiges zu erwarten ist. Vorerst jedoch, nach der Einlagerung, kann man das Paket vergessen und sich mit unabgelenkter Aufmerksamkeit dem Erdreich zuwenden, damit im kommenden Frühjahr das unschöne Garteneckchen grün prange, wie der Dichter vom Dienst im Gartenkalender über dem Abwaschtisch das zu nennen beliebt.

Was der eigenen Frau zum Geburtstag schenken, da dieser mehr als den üblichen Auftakt für ein neues Lebensjahr, nämlich den Beginn eines neuen Lebensabschnittes bedeutet. Vierzig: biologischer Kulminationspunkt, nicht bloß das Bindegewebe lässt nach, erst recht das Gedächtnis. Barthold gedenkt des eignen Vierzigsten vor, du lieber Himmel, über elf Jahren: Überschreiten der Schattenlinie, hinter der man dem Tod rascher sich nähert, wobei man ihn immer stärker vergisst. Je näher der Zeitpunkt, desto verschwommener zeigt er sich auf dem Hintergrund alltäglichen Existierens. Wie ein Hochhaus nur aus der Ferne eindeutig umrissen sich präsentiert und beim Näherkommen als Ganzes unsichtbar wird, so zerfällt die Bedrohlichkeit des Sterbens in Details, Unlust, Müdigkeit, Depression, Schwäche, sobald sie zum Bestandteil des Daseins geworden ist. Das einzig richtige Geschenk für jemand über vierzig wären Montaignes »Essays«, aber es steht zu fürchten, dass man damit nicht den erwünschten Erfolg, freudige Überraschung nämlich, auslösen würde. Man soll, heißt es, schenken, was man auch selber gerne hätte; welch ein Irrtum. Fände Bartholds eigene Wunscherfüllungen kaum ersehnenswert, diese Trägerin eines berühmten Namens, Tochter der Leda, Anlass für Krieg und den Schliemann'schen Ehrgeiz, von dem in Bartholds Brust (oder wo einem diese Eigenschaft implantiert ward) ein zu geringer Vorrat lagert. In seltenen Stunden, schwachen, seiner Meinung nach, vermeint Barthold, sich selbst zu erkennen: ein fünfzigjähriger Jüngling, fast ein Junge, eines längst vergangenen Sommers auf Ferientrip im Rübeland durch damals noch nicht von Touristenhorden bevölkerte Höhlen, von einem Verwandten geführt, vergessene Person und trotz Stirnmassage nicht zu erinnern, man hätte gern gewusst, wem man seinen späteren beruflichen Lebensinhalt verdankt. »Hier hausten einst unsere Ahnen«, hatte eine Stimme gesprochen, deren Klang – als einziges von ihrem Besitzer – ein verborgenes wie ziemlich abstraktes Nachleben in Barthold führte, »hier haben sie ihre Jagdbeute geschlachtet, Mammuts und Flugechsen, in Felle gehüllt ums Feuer gesessen und tüchtig schnabuliert und so weiter ...«. Zwischen Stalagmiten und Stalaktiten, stehenden und hängenden Gebilden, die dem Knaben einen merklich erotischen Eindruck machten, an handgefälligen, noch kleinen Sinterauswüchsen fummelte er heimlich herum und meinte, die Figuren besagter Ahnen zu erblicken, wild und zähnefletschend und doch erbärmlich, weil sie keinen elektrischen Schalter anknipsen konnten und niemals das Luftschiff »Graf Zeppelin« über die Dächer Berlins hatten schweben sehen, so lautlos und langsam, dass sich mit dem hoch dahinziehenden Gegenstand die seltsamsten Gefühle, und zwar ganz seltene, verbanden, welche sich während des Erwachsenseins verlieren.

Barthold fühlte sich den Altvorderen weit überlegen. Er empfand Mitleid für sie und hätte gern in ihrem Kreise am lodernden Holzstoß gesessen und ihnen von der Welt berichtet, wie sie in zehntausend Jahren wäre. Derartige Vorstellungen heimelten den Jungen an, und sobald in seinem Alltag Krisen auftraten, Konflikte ausbrachen, flüchtete er zu seinen Ahnen ans Feuer, die ihn mit offenen Armen und Ohren empfingen, mit Augen, voll von Neugier und Unterwürfigkeit: Für sie stellte Barthold einen Gott dar, und obwohl in der späteren Pubertät das Verhältnis zu den Urkumpanen an Intensität einbüßte und er sich abends unter wärmendem Federbett immer seltener mit den Archanthropinen und häufiger mit der gegenüber wohnenden Nachbarin befasste, in deren Fenster nach Eintritt der Dunkelheit man wie in einen Guckkasten sah, wo sich ein rosiges Figürchen entkleidete und sich in diesem Zustand auf ein Sofa streckte, worauf ein anderes Figürchen erschien, ebenfalls barfüßig von Kopf bis Zeh, und sich auf das erstere niederließ, wie im Stummfilm und ohne jedes Geräusch, was dazu verlockte, selber einfach einen Dialog hinzu zu soufflieren, Bartholds innere Beteiligung an dem Vorgang war größer als an den Steinzeitversammlungen, die fortan auf seine

Anwesenheit verzichten mussten, sodass die Neandertaler in ihrem Informationsstand nicht über die dreißiger Jahre hinausgelangten. Selbst vom Ausbruch des Zweiten Weltkrieges erfuhren sie nichts und durften sich in der Illusion wiegen, sie seien der Anfang einer immer weiter aufwärts sich schraubenden Spirale menschlicher Entwicklung. Arme Geschöpfe. Oder vielleicht: glückliche Geschöpfe. Obschon sie vermutlich ihrem Freund aus dem zwanzigsten Jahrhundert nachtrauerten, Barthold hatte ihnen damit die bittere Einsicht in den Irrtum erspart, sich selber freilich nicht. Doch er kam darüber hinweg, wie man über fast alles hinwegkommt, solange man es nur körperlich unversehrt übersteht. Verletzungen ethischer Art heilen am schnellsten. Auch eine Lehre des Krieges, die man aber, wie viele Lehren, besser für sich behielt. Die Menschheit, insbesondere die örtliche, beabsichtigte, ihre Irrtümer allein und völlig selbstständig zu vollstrecken, und daran sollte man sie nicht hindern wollen. Was sowieso unmöglich wäre und nur persönlich negative Folgen hätte. Wie sagt Montaigne? »Ehrgeiz, Habsucht, Grausamkeit, Rache reißen die Menschen nicht sehr mit sich fort, wenn sie offen auftreten, wie sie sind; Verführungs- und Zündkraft bekommen sie erst, wenn sie sich als Gerechtigkeit und Frömmigkeit tarnen. Der schlimmste Geisteszustand, den man sich vorstellen kann, ist der, wo das Böse zum Rechtmäßigen wird und wo es, mit Zustimmung der Regierung, sich als Tugend maskiert; die äußerste Erschütterung des Rechtsbewusstseins liegt, nach Plato, dann vor, wenn das, was Unrecht ist, für Recht gelten darf. In gewöhnlichen und ruhigen Zeiten ist man gewappnet gegen Schicksalsschläge von geringem Ausmaß und gewöhnlicher Art; aber in dem

Durcheinander, das bei uns seit dreißig Jahren herrscht, sieht jeder Franzose, in seinem Privatleben wie in der allgemeinen Politik, sich zu jeder Stunde vor die Möglichkeit gestellt, dass sein Schicksal vollständig umschlägt; umso mehr braucht er kräftige, haltbare, moralische Stützen für seine Widerstandskraft. Eigentlich sollten wir dem Schicksal dankbar sein, dass wir nicht in eine weiche, schlaffe, faule Zeit hineingeboren sind; jetzt kann mancher Mensch durch sein Unglück eine gewisse Bedeutung erlangen, dem das auf andere Weise nie gelungen wäre.«

Danke für die Warnung; ich habe sie längst beherzigt und gedenke nicht, aus dem Rahmen zu fallen, und wäre er noch enger, als er ist. Bloß ist so'n Buch kaum das erwartete Präsent. Manche Männer schenken ihren Frauen Unterwäsche, möglichst schwarz, möglichst durchscheinend, Hemdchen, Höschen, Strumpfhalter und lange schwarze Strümpfe, Schweine. Das nenne ich adäquat: Mit dem Schinken nach der Speckseite werfen; passt wörtlich und schamhaargenau. Nein: Etwas, das Margarete Helene wirklich braucht, soll es sein, ähnlich einem Bügeleisen oder einem Dampfkochtopf; schade, dass sie beides schon hat. Auch einen Toaster. Auch ein Schlagwerk. Auch einen Fön. Bis zum vierzigsten sind eben massenhaft Geburtstage, da bleibt nicht mehr viel zu schenken übrig. Und als der Festtag noch in weiter Ferne lag, also vor zwei Wochen etwa, hatte Barthold die Tatsache des Schenkens ziemlich abstrakt genommen; als Selbstmahnung: Nicht das Geschenk für den 5. Oktober vergessen! Doch je mehr man diesem Datum entgegenlebte, umso mehr verlangte der Oberbegriff »Geschenk« nach Verwandlung in einen konkreten Gegenstand, und das schuf wachsende Sorge, denn siehe: In der Abstraktion ist alles gut und schön, sogar unsere gute und schöne Sache, aber die Konkretisierung, die ist das Problem. Und bleibt das Problem. Weil nicht lösbar, Genossen. Da könnt ihr noch so viele große Reden auf Tagungen halten, das kleine bisschen Wirklichkeit steht der Verwirklichung der Reden immer im Wege. Auch meine Absichten sind die edelsten und besten, ich will für Margarete Helene etwas, das ihr Zeit und Kraft spart, ihr Leben erleichtert, sie von der Plackerei entlastet: Mehr wollen wir doch gar nicht, Genossen! Ein schöneres und besseres Leben. Darum glaube ich inständiger an eine Geschirrspüle als an die Deklaration der Menschenrechte; das Deklarieren ist das eine, das Geschirrspülen das andere, und solange vom Letzteren niemand befreit wird, bleibt Ersteres ein bestenfalls dichterischer Text. Also: Geschirrspülmaschine und nicht zusätzlichen ideologischen Ballast.

Ärztlicherseits angewiesen, die vegetative Dystonie häufig ins Freie zu tragen und sie dem unaufhaltsam ansteigenden Kohlendioxidgehalt im Sauerstoff auszusetzen, was, Bartholds Ansicht nach, eine seltsame Therapie darstellt, Methode Dr. Eisenbart, die Leut' auf seine Art, Austreibung des Teufels mit Beelzebub, erlaubt Barthold aber, unkontrolliert herumzulaufen und sich nach dem Geschenk umzusehen. Durch seit langem eingemeindete Dörfer, Karow, Blankenburg, Heinersdorf, erreicht er Pankow, um von dort aus die Schönhauser Allee hinab zu pilgern, eine nach archäologischen Gesichtspunkten junge Straße, angelegt in Richtung Niederschönhausen, zum gleichnamigen Schloss, das 1704 nach Plänen von Göthe, nicht Goethe, das fehlte der Germanistik noch, auf den Grundmauern eines alten Herrenhauses erbaut worden war. Von 1949 bis 1961 hätten hier »Präsident« und »Staatsrat« gewohnt, und selbst das klingt recht anonym, wer aber von 1704 bis 1949 hier hauste, ist schon der Vergessenheit anheimgefallen: eine Lücke von zweihundertfünfundvierzig Jahren, genau das, wovon ich zu Margarete Helene sprach, dabei war hier drei Jahrzehnte lang die ohnehin wenig erwähnte Gemahlin jenes obskuren Königs untergebracht, mit dem das Unheil angefangen hat. Hätten seine Kriege nicht die Reichseinheit zerstört und Preußen geschaffen, Bürgerkriege, Deutsche gegen Deutsche, wir wären vielleicht Untertanen der Habsburger und ich ginge jetzt in Wien durch die Kärntner Straße statt durch die Schönhauser Allee, diesen Rest Döblin'schen Berlins, in Höhe der ersten Stockwerke von der U-Bahn durchdonnert, die Seiten- und Parallelstraßen einst und immer noch von kleinen Leuten bewohnt, Proletariern, Kleinstgewerbetreibenden, Kriminellen, Rentnern, dem rauen Völkchen, das Goethe, diesmal der richtige, gar nicht mochte, vermutlich, weil es, durchtränkt von brachialem Humor, unsentimentaler Realistik, sich durch nicht einmal des einen Geheimratstitel imponieren lässt.

Barthold erreicht sein Ziel: das Geschäft für alle möglichen technischen Haushaltshilfen. Mit weißer Blockschrift auf hellblauem Grund betitelt sich der Laden: *Monsator!* Das klingt feierlich. Wie nach dem Berg in Spanien, dem Gralsort der Legende, dann wiederum wie die verstümmelte Form des Erlöserberges, schaut man oder hört man nur flüchtig hin. Barthold jedenfalls hält diese semantische Ähnlichkeit durch den Schaufensterinhalt für völlig gerechtfertigt. Der Idiot, von dem die

Firmenbezeichnung stammt, muss sich was dabei gedacht haben. Vielleicht ein verkrachter Philologe, wegen Abweichlertums irgendwo rausgeschmissen, der mit diesem Namen eine Botschaft in die Welt zu setzen gedachte, seine religiöse Überzeugung versteckt dem Eingeweihten kundtut; und beeinflusste nicht das latinisierende Kunstwort auch, was es repräsentierte? Hinter dem Glas, das einen spiegelverkehrten und sehr schattenhaften Barthold sowie einen Ausschnitt der Schönhauser Allee trug, ragten weiße, erratische Blöcke auf, sakral und steril, wie alles Sakrale, Dolmen einer Kultur (na ja: in Gänsefüßen), die die Objekte ihrer Anbetung dem Witterungseinfluss entzieht und sie in den individuellen Lebensraum hereinholt, vermutlich dem innigeren Kontakt mit dem Metaphysischen zuliebe. Früher musste man bis zu einem Menhir weit laufen, heute nur bis zur Küche, und kann dort, wann immer man es wünscht, vor ihm seine Andacht verrichten. Kleinere blanke Geräte auf den Kuben spiegeln Opfergerätschaften vor: mit dem Mixquirl püriert der Mexteke dem Gefangenen das Herz in der Brust zu Götterspeise für Quetzalcoatl. Und mit Folienschweißgerät versiegelt der Oberpriester seinem Opfer den Mund. Furchterregend! Weil in seiner Herkunft so überdeutlich erkennbar. Einen endlosen Augenblick lang erlebt Barthold den Schrecken des Wiedererkennens: Das ist ja alles bloß Modifizierung von Frühzeit! Doch bewegen sich im Allerheiligsten des *Monsator* glücklicherweise weder Druiden noch Inkas, sondern, was die plötzliche Berührung zweier weit auseinanderliegender Epochen an dieser banalen Stelle sofort wieder trennt, jüngere und junge Mädchen, vollbusig und keimbrüstig, rotlippig, viel zu stark blondiert, biologisches Weihnachtsbaumlametta um Stirn und Nacken verzottelt. Goldfische hinter Glas, nur träger und verschlafener. Barthold möchte an die Scheibe klopfen, um sie auf sich zukommen zu sehen, die Mäulchen stumm auf- und zuklappend, des Futters gewärtig, das in ihrem Falle aus Informationshäppchen aus dem westlichen Überbau, Abteilung Trivialkunst, bestünde. Sich von dem Anblick losreißend, betritt Barthold das Ladeninnere, um sogleich nach dem Eintreten festzustellen, dass er der einzige Kunde ist. Man hat ihn nicht bemerkt. Die goldvliesigen Sirenen nisten in einer Ecke, kichern und kümmern sich einen Scheißdreck um Kunden. Barthold würde, falls ihn eine umgäbe, sich von seiner Mannschaft am Mast festbinden lassen, um nicht den unverständlichen, kaum verlockenden Gesang mit einem Donnerwetter zu unterbrechen. So muss er sich zusammennehmen, um den Aggressionsstauraum bis unter die Decke zu füllen, denn wehe: Jede unvorsichtige, fordernde Bewegung oder Bemerkung könnte dazu führen, dass jeder gewünschte Gegenstand im Gral ausverkauft ist; dass keinerlei Erlösung von den Übeln der Haushaltsarbeit stattfindet. Über der leicht klemmenden Pforte fehlte das Warnschild: *Wer hier eintritt, lasse alle Hoffnung fahren!* Diese so selten erlebte Kundenleere erzeugte in Barthold einen ebenfalls selten empfundenen *horror vacui*, und es bedurfte der Mobilisierung innerer Energiereserven, um nicht auszureißen. Wie jemand mit gefesselten Beinen voranzukommen versucht, so schob sich Barthold an die Gruppe Sylphiden heran, unabsichtlich in den Dunstkreis ihres eintönigen und monotonen Worttausches: Waren sie nicht reizend, die neuen Menschinnen, in der Unschuld ihrer perfekten Gleichgültigkeit? Und dazu die Ausdruckslosigkeit ihrer naiv und übermäßig bemalten Mienen: Indianerinnen in Erwartung der Jagdbeute. Hier bin ich, ihr edlen Frauen, fresst mich, quält mich, aber bitte nicht länger durch Ignorieren. Und als besitze er telepathische Stoßkraft, sagte auf einmal die eine zur anderen:

»Du, Uschi, ich glaube, da ist einer!« Barthold war hingerissen. Also gab es das doch: Parapsychologie! Die Spekulationen neulich im Liegestuhl erwiesen nun ihren Wahrheitsgehalt. Rasch noch einmal alle geistigen und verbalen Wellen ausgesandt:

»Ich – bin – hier! Du – sollst – dich – umdrehen!« Es funktionierte. Das Mädchen drehte sich um, blickte über Bartholds Kopf hinweg auf jenen Punkt, den die indischen Yogis zum Zwecke extremer Bündelung ihrer energetischen Kräfte anvisieren vor Feuerlauf, Glasessen, Durchbohrung von Zunge und Wangen, lebend begraben werden. Nachdem die Verkäuferin von diesem fernen Kristallisationszentrum genügend Stärke bezogen hatte, öffnete sich ihr Mund, eine lackierte, schon etwas welke Frucht, wie Barthold erkannte, und hervorkam ein tönender Kern:

»Was soll's denn sein?« Bartholds Gesamtstimmung, in der umfassendes Verständnis für Leute wie *Jack the Ripper* entstanden war, auch er hätte am liebsten diese Weiber allesamt gerippert, hob sich:

»Eine Geschirrspülmaschine soll es sein, meine Frau hat Geburtstag …« Unsinnige Mitteilung, die selbstverständlich auf das allergrößte Desinteresse stieß. Aber unerwartet flammte etwas wie Leben in E. T. A. Hoffmanns Olympia auf:

»Das lassen'se man sein, junger Mann!« Nur wer ein gewisses Alter überschritten hatte, wurde *Junger Mann* genannt; die nächste Stufe hieß *Opa* und stand Barthold noch bevor, der jetzt Verwunderung zeigte und als Antwort ein verächtliches Lächeln angeboten bekam, das mimische Urteil über ein Industrieerzeugnis, das *in natura* auf einem flüchtig angemalten Holzsockel mitten im Laden stand.

»Sie ham wohl ville Jeld?« Ehe Barthold diese Unterstellung abstreiten konnte, wurde ihm eine Belehrung über das erste und einzige Modell zuteil, das, wie es wörtlich heißt, in seiner Nützlichkeit einem Kunstwerk entsprach: Zum Rumstehn und Ansehn war's jut! Weisheit des Volkes, darinnen sich der Erfahrung mit Technik jene mit Monumenten beimengte, beide zur Deckung brachte und unbewusst – denn nur die Unbewusstheit dabei ist das Echtheitssiegel – in Kurzformel, fast sprichwörtlich, sich kundgab. Das war unvergesslich. Barthold hätte beim Abendbrot am Küchentisch Margarete Helene gern von dieser fruchtbaren Begegnung erzählt, würde das nicht zugleich Einblick in seine Geschenkabsichten, auch in deren Aussichtslosigkeit, gestattet haben. Obschon, Margarete Helene bewegte sich in der Aura leichter Zerstreutheit und reagierte erst auf die Wiederholung des jeweils selben Satzes, was die Unterhaltung erschwerte, und ihr »Aha, was du nicht sagst!«, »Ist ja wirklich komisch«, all diese substanzlosen Phrasen ohne innere Beteiligung, kenntlich als Eingeständnisse, überhaupt nicht zugehört zu haben, regten die Unterhaltung kaum an. Persönlich war sich Barthold keiner Verfehlung bewusst, die sein Zustand hervorgerufen haben könnte. Vielleicht hing ihre merkliche Abwesenheit mit der Herkunft ihrer Menstruation zusammen, ein Vorgang von erstaunlicher Auswirkung auf ihr Gesamtwesen; eine andere Frau schien sich aus Margarete Helene wie aus einer Verpuppung vorarbeiten zu wollen, woran sie aber durch das Einsetzen der Regel, dem Ende des seltsamen Zustandes, stets gehindert wurde. Was für eine Frau das war, die unter der Haut Margarete Helenes fremde Glieder, fremdartige Regungen mehr als erkennen ließ, das blieb unenträtseltes Geheimnis. Die Fremde in der Bekannten war nicht zu fassen und agierte im sicheren Schutz der von ihr okkupierten Körperlichkeit.

In diesen Tagen war niemals abzusehen, wozu sie Margarete Helene anstiften würde. Barthold kam nicht dahinter: Ob aber das nun eine spezifisch männliche Eigenschaft zu nennen wäre, diese mangelnde Fähigkeit, dieser kupierte Instinkt, der nur wahrnahm, dass da etwas sei, etwas Unbekanntes, das sich rationaler Erkenntnis verschloss, dem man nur sensitiv beikam, vorausgesetzt es fehlte einem nicht das, was einem als Mann eben gerade fehlte. Barthold hatte längst die Versuche aufgegeben, herauszukriegen, was sich in Margarete Helene ereignete; ergebnislosen Aufwand verabscheute er; es beunruhigte ihn sogar. Dabei ging es keineswegs um die verlorene Zeit, sondern weil das Kundschafterunternehmen, das Geheimnis von Margarete Helenes Einwohnerin aufzuklären, vor deren glänzender Absicherung versagte. Da hielt man sich vernünftiger ans Konkrete, ans Handgreifliche, bei Margarete Helene, wie überall und überhaupt. Konkret waren Bartholds Erlebnisse wie das *Monsator*-Desaster und danach ein zweites in einem Pelzwarengeschäft, in dessen Schaufenster ein ausgestopftes und mottenzerfressenes Tier, Wiesel oder so was, mit glanzlosen Glasaugen aus seinem ärmlichen Mausoleum auf die desinteressiert, viel zu selten einhaltenden Passanten blickte, auf Barthold, das Schnäuzchen mit den spitzen Reißzähnchen halb offen, als rufe es andauernd, aber unhörbar: »Erlöse mich!, denn ich bin eine verwunschene Prinzessin!«

Die Verkäuferin oder Besitzerin, erst partiell verwunschen, wovon die kleinen gelben spitzen Zähne, die gleichen stumpfen Glasaugen und der beginnende Mottenfraß im verstaubten Haupthaar zeugten, verriet Barthold mit kleinem heiseren Stimmchen, Mäntel oder Jacken würden nur aus Kundenmaterial gefertigt. Ob das stimmen mochte, konnte Barthold nicht entscheiden. Möglicherweise besaß er auch nicht die erforderliche vertrauenerweckende Ausstrahlung, welcher man bedurfte, um mit Mangelware versorgt zu werden.

Heutzutage erwies sich eine bestimmte Physiognomie wichtiger als bares Geld: Mit einer Amtsmiene, einem funktionsgeprägten *Enface* oder zumindest wie der Verkäufer es sich vorstellte, konnte man gleich zu Hause bleiben. Nur wer es verstand, durch seinen gesamten Habitus Sympathie zu erzeugen, dem Herrn (oder der Herrin) über knappe Vorräte vorzuspiegeln, mit ihm (ihr) absolut einer Meinung zu sein darüber, dass, wo man persönliche Beziehungen für simple Sachen benötige, was faul wäre, zugleich jedoch diese persönlichen Beziehungen um der persönlichen Beziehung willen schätze, nur der konnte die Eignungsprüfung für die Gesellschaft neuen Typus bestehen. Auf der nächst höheren Stufe wurde das sympathetische Prinzip vom Bakschisch abgelöst; ein Voranschreiten von komplizierten zu immer einfacheren Verhältnissen, an deren Ende die Rückkehr zur Tauschwirtschaft stand, mit der die ganze Affäre ja auch in Bartholds Forschungsbereich angefangen hatte.

Was für ein Gesicht hatte Barthold gezeigt oder gemacht, dass ihm eine gemischte Reaktion zuteil wurde: Einerseits bekam er nichts, andererseits wurde ihm jedoch zugeraunt, die Felle würden eben alle in den Westen verkauft, darum könne sie, das verzauberte Wieselweibchen, vom Nager zum Menschen mutierend oder umgekehrt, mitten in der Metamorphose ließ sich das nicht entscheiden, keine Jacken, Capes, Mäntel oder Coats anfertigen. So leichtgläubig war ihr Kunde nicht: Der bezog noch die Möglichkeit ein, sie habe, falls einer Zuteilung teilhaftig, diese für dieses Quartal verbraucht oder unter dem Ladentisch liegen für jene vollkommenen Kunden, die Sympathie und Trinkgeld intermittierend abgaben.

Barthold resignierte; nach einem letzten umflorten Blick auf die Glasschränke, leere Fächer mit einigen Pelzkappen, Gattungsgenossen schlecht restaurierter Ausstellungsstücke im Naturkundemuseum, zog sich Barthold aus dem Kampferdunst zurück. In anderen Läden erging es ihm nicht besser. Eigenartig: Auf Regalen stapelte sich Ware, doch meist solche, die man weder suchte noch brauchte, wohingegen die erwünschte durch totales Fehlen allgemeine Aufmerksamkeit hervorrief; entweder war sie ausverkauft oder noch nicht eingetroffen oder schon lange nicht mehr ausgeliefert worden. Nachrichten, deren Inhalt aus purer Ungewissheit bestand. Obzwar den meisten dieser Zustand ganz undurchsichtig und unerklärlich schien, dämmerte Barthold die tiefe Wahrheit: Es handelte sich um nicht mehr und nicht weniger als um die unheimliche Übereinstimmung des menschlichen Schicksals im Allgemeinen mit den äußeren Umständen im Besonderen. Ob nicht alle bisherigen Gesellschaftstheorien falsch gewesen seien, und ob nicht viel wahrscheinlicher das bestimmende Moment der Entwicklung, ihr Motor sozusagen, die unwillkürliche, spontane Annäherung umfassender Strukturen an das individuelle Dasein sei? Sodass alle bisherigen Sozietäten de facto nur Vorbereitungen gewesen wären auf diese eine, in der subjektive Wesenszüge objektiven Ausdruck gefunden hätten. Meine persönliche Erfahrung, dass das Leben mir immer nur bietet, was ich eigentlich nicht mag, und mir vorenthält, was ich ersehne, hat eine solche Angleichung der Gesamtsituation daran herbeigeführt, dass man nur staunen kann, wie Menschen völlig unbewusst ihre Gemeinschaft nach den Maßen ihres eigenen Missgeschicks einzurichten imstande sind. Schade, dass Margarete Helene auf diese neuartige Hypothese nicht hört, ihr Brot kaut, als bestünde es aus PVC, und in ihrer Tasse rührt, vom Inhalt fasziniert, von dem man fürchten muss, er sei anregender als Bartholds Ideen.

»Margarete Helene – wach auf!« Zusammenschrecken, Löffelklirren, ruckhaftes Aufblicken:

»Ach, entschuldige, ich war ganz abwesend ...«

»Liest du die Zukunft aus der Teetasse?« Ach, wenn sie dessen bloß mächtig gewesen wäre, sie würde den Arztbesuch morgen früh unterlassen, Routinebesuch beim Gynäkologen, im Grunde erst in sechs Wochen fällig, zeitlich vorverlegt, weil ein wichtigeres Motiv sie treibt als nur Wissensdurst, wie es im Innern ihrer Intimsphäre aussehen mag; keines von den bevorstehenden Geschehnissen ist in der bräunlichen Flüssigkeit ihrer Tasse vorausschaubar, weder seltsame Besucher noch die Überraschungen des vierzigsten Wiegenfestes, und erst recht nicht jene, darin Lust und Unlust unauflöslich miteinander vermengt auftreten, wonach aber eine größere Gewissheit über das eigene Selbst sich einstellt:

»Muss morgen früh auch zum Arzt, bin wieder mit der Untersuchung dran ...«

»Und ich muss morgen auch noch was besorgen«, fügt Barthold ihren Worten hinzu und meint damit »Das Geschenk«, was auch genauso verstanden wird:

»Gib nicht zu viel Geld aus, kauf nichts Unnützes ...!«

Die üblichen Ermahnungen, wie jedes Jahr. Margarete Helene trinkt die Tasse aus: Die leicht gesüßte, unvorausgesehene Zukunft läuft in die Kehle, in die Speiseröhre und weiter in den Magen; nirgendwo auf diesem Wege meldet sich hellseherisches Vermögen. Das prometheische Werk ist perfekt, welches weniger im Feuermachen, als im ewigen Auslöschen von Zukunftswissen bestand und uns derart verärgerte, dass wir es in der Mythologie auch nur am Rande erwähnen. Dabei war es der folgenreichste Raub an unseren ohnehin dürftigen Fähigkeiten.

Stürmische Begrüßung, aber lauter falsche Töne. Auch die Frage: »Sind Sie denn wieder gesundgeschrieben?« macht den Eindruck einer Umschreibung des Klartextes: »Was wollen Sie überhaupt hier?«

Und jeder im Institut stellt sie mit dem gleichen Unterton: vom Pförtner bis zur Sekretärin, bis zum Chef der Abteilung, Professor Dr. Dr. Edwin Finger, Autor bekannter Bücher wie »Das slawische Runddorf in der Mark« und »Das Verbreitungsgebiet slawischer Keramik als Nachweis kultureller Durchdringung«; daher mit dem ihm selbst unbekannten Spitznamen »Professor Fingerow« genannt. Jedes Mal muss Barthold verneinen und erklären, warum er trotzdem seine vegetative Dystonie ins Institut bringt. Dem Pförtner gegenüber kann er noch ein vergessenes Manuskript, das er holen wolle, vorschützen; Professor »Fingerow« und die anderen lassen sich schwerer täuschen, denn kaum betritt Barthold das Sekretariat, dem Witz zufolge die letzte Herrschaftsstufe nach Matriarchat und Patriarchat, von Fräulein Unbereit emphatisch begrüßt, erscheinen die anderen, Hyänen, den Aasgeruch in der Nase, ein Vergleich, der Barthold wenig gefällt, obwohl der ihm einfiel, weil er selbst die tote Beute darin bedeutet.

»Sind Sie denn schon wiederhergestellt?«, so der Paläobotaniker Dr. Gruse, beim Handschütteln.

»Sie haben sich wohl gelangweilt im Bett? Lag das an Ihnen oder am Bett – hahahaha!«, Kunstgeschichtler und Archivleiter Hugo Sydow.

»Geht's besser?«, Dipl. Ing. Paumann, Geophysiker.

»Ah, Sie konnten es wohl ohne uns nicht aushalten?«, Müller-Glasenapp, Chemiker, woraufhin Barthold gerne die Wahrheit gesagt hätte, sie aber verschwieg wie gewohnt. Wenn man es recht bedenkt, so sind die Momente wirklicher Aufrichtigkeit und Ehrlichkeit derart selten, dass sie einen minimalen Bruchteil der Daseinsdauer ausmachen. Und Fräulein Unbereit ruft zum zweiten Male bedrohlich glaubhaft:

»Sie fehlen uns, Sie fehlen uns hier wirklich ...«, wobei der Plural ihre persönliche Haltung tarnt: »Wann kommen Sie wieder zum Dienst?«

Und Dr. Gruse gar klopft Barthold auf die Schulter, wohl wissend, dass der diese joviale Geste nur mit Zähnezusammenbeißen verträgt, und meint, Barthold möge einen Homöopathen aufsuchen. Nur natürliche Heilmittel versprächen noch Erfolg, die pharmazeutische

Industrie vergifte mit ihrem chemischen Dreck doch bloß die Menschheit.

»Das möchte ich überhört haben, Herr Kollege!« Müller-Glasenapp fletscht sein Gebiss und grinst gefährlich, ohne es so zu meinen: »Sie kennen doch die Losung: Chemie gibt Brot, Wohlstand, Schönheit!«

Herr Sydow schaltet sich ein und meldet seinen Beitrag vorher an, indem er die randlose Brille geraderückt, die nie schief auf seiner Nase gesessen hat:

»Haben Sie beachtet, wie säuberlich die Losung Brot und Wohlstand trennt und auch der Schönheit einen separaten Stellenwert zuweist?« Im Brot ist das bekannte *panem* vorhanden, auf das ehrlichere *circenses* wurde verzichtet, dafür ein Begriff aus dem westlichen Teil unseres Vaterlandes gewählt, damit auf geheime Sehnsüchte und Wünsche verbal eingehend. Und die Schönheit in diesem hochpolitischen Zusammenhang stellt nichts anderes dar als einen Rekurs auf ein Bildungsziel der klassischen Arbeiterbewegung: Nun bekommt ihr noch Thorvaldsens Nymphe dazu! Und weil man natürlich nicht jedem Arbeiter eine Marmorplastik in den Salon stellen kann, den er ohnehin nicht hat, erhält er wenigstens den Schein!

»So werden alle einstigen Ziele nur im Anschein verwirklicht. Oder wenn es euch besser gefällt: potenziell. Bildung für alle! Jeder nach seiner Leistung! Und wie diese vorgeblich realisierbaren Forderungen hießen …«

»Wieso denn vorgeblich? Auch wenn manches davon noch nicht erreicht ist, erreichbar ist es aber doch, oder?« Müller-Glasenapp sah sich zustimmungssuchend um, doch wurde seine Erwartung nicht erfüllt.

»Sie vergessen eine Kleinigkeit, Herr Kollege Müller-Glasenapp«, fuhr Herr Sydow fort, »dass die Verwirklichung von Prinzipien und gesellschaftlichen Zielen eine solche hohe Moralität verlangt, welche die Funktionalität einer Gesellschaft erheblich stören, wenn nicht völlig aufheben würde. Beide erwähnten Ziele enthalten nämlich den Gleichheitsanspruch. Wir sind aber nicht gleich. Ich würde also einschränkend und damit gleich differenzierend verlangen: Bildung für alle Bildungsfähigen! Und genauso steht's mit der anderen Forderung. Worin besteht eigentlich Leistung? Was ist ihr Gradmesser? Wer beurteilt sie? Wie werden ihre Kriterien gewonnen? Die weitere Erschwerung des täglichen Lebens durch weitere Verordnungen und Amtswege gehört zu den Leistungen eines Bürokraten – der ergo verbesserte Entlohnung erhalten müsste. Was zum Beispiel leistet ein Kulturfunktionär, der eine Ausstellung untersagt oder eine Theateraufführung verbietet? Was wäre die Spezifik solcher Leistung?«

Nun nahm er die Brille ab, weil sie gänzlich beschlagen war, vor lauter Aufregung, mehr als beabsichtigt gesagt zu haben, und der Befürchtung, dass zu bisher nicht spezifizierten Leistungen, über die er eben gesprochen, auch eine denunziatorische Meldung bei der Institutsleitung gehören mochte: eine Art von Leistung, die bekanntlich über Gebühr gewertet und entlohnt wurde. Herr Sydow macht sich auf den Rückzug:

»Damit erhebe ich natürlich keinen Anspruch auf etwas wie eine Gegenposition. Es war eben nur Denkspielerei, verstehen Sie, nichts weiter, aber manchmal nimmt man solche stark vereinfachten Parolen her, um sie zu verbessern. Meinst du nicht auch, Barthold?«

Der zuckte die Achseln: Was Sydow hier zum besten gegeben hatte, mochte völlig richtig sein, brachte aber nichts, als neue Anlässe für Depressionen. Die allgegenwärtige Idiotie analytisch aufzudecken war eher was für junge Leute, Studenten eventuell, die noch innere mentale Widerstandskräfte besaßen, um sich über offiziöse Sprache und ihre stolze Verkehrtheit philologisch lustig zu machen: Für uns ist das nichts mehr; uns gemahnt sie nur in ihrer monolithischen und massiven Dämlichkeit an die Vergeblichkeit unserer Vernunft. Wir schießen mit Spatzen auf Kanonen und staunen über den Misserfolg:

»Na ja, ich weiß nicht, eigentlich ist es doch ganz Wurscht, ob da steht *Brot, Wohlstand, Schönheit* oder *Freiheit, Gleichheit, Brüderlichkeit.*« Und um endlich vom heiklen Thema abzukommen:

»Die beste Losung habe ich mal an der Autobahn gesehen, da stand doch tatsächlich: *Wir wollen in einer Welt ohne Atome leben!*«

Allgemeines Gelächter, Ausdruck allgemeiner Erleichterung.

»Sie fehlen uns wirklich sehr!«, rief Fräulein Unbereit erneut und überlegte krampfhaft, wieso die Herren so vergnügt sein mochten: sie fand die Losung ganz vernünftig. Ihr waren Atome auch unheimlich, und sie konnte den unbekannten Losungserfinder vollkommen begreifen. Nur aus Solidarität kicherte sie mit; der Lärm musste sich durchs ganze Institut fortgepflanzt haben, bis ins Allerheiligste, denn mitten ins Amüsement hinein sprach Professor Finger, der plötzlich zwischen ihnen stand:

»Nun, wieder da, mein Lieber? Es wartet viel Arbeit auf Sie!«

Und nachdem es sogleich still geworden:

»Bei Erweiterung der Müllkippe Schwanebeck ist man

auf hochinteressante Fundstellen gestoßen. Tiefbauarbeiter haben uns alarmiert, ja, der neue Mensch ist an Kultur und Geschichte zutiefst interessiert. Oder wie es heißt: Jeder zweite Herzschlag ist Kultur« – Sydow und Barthold wechselten einen Blick schmerzlichen Einverständnisses –, »unser Herr Paumann hier hat bereits die Stratigraphie der Fundstelle vorgenommen, wir vermuten Siedlungsreste von hier ansässigen Slawen. Bitte übernehmen Sie die Klassifikation der Tonscherben!« Und war weg, bevor Barthold auch nur andeuten konnte, er sei statt zur Arbeit zu einem ganz anderen Zweck da, den er jedoch, bei aller Kollegialität, weder Professor »Fingerow« noch den anderen mitteilen konnte. Der Zweck hieß nämlich: Fräulein Elsa Unbereit. Und erst nachdem die Gruppe der Archäologen, aufgestört und in ihrer munteren Stimmung »heruntergefingert«, wie Dr. Gruse murrte, aus dem Sekretariat sich hinausgeschoben hatte, um an ihre Arbeitsplätze zurückzukehren, wo eine Vergangenheit auf sie wartete, an der nichts mehr zu bewältigen war, fern und tot und unerweckbar, wandte sich Barthold der Sekretärin zu. Auf die Schreibtischkante, mit halbem Hintern, gestützt, begann Barthold vom Misslingen seiner beabsichtigten Einkäufe zu berichten, um mit der glaubwürdigen Beschwörung und dem Eingeständnis seiner Hilflosigkeit zu enden:

»Liebe Unbereiterin, Sie haben so oft uns, ich meine, dem Institut, geholfen, wenn uns Material oder sonst was fehlte, vielleicht wissen Sie auch Rat für mich …«

Fräulein Unbereit drückte ihr Gesäß zufrieden tiefer ins Polster, als wollte sie ihre hinteren Rundungen mit denen des Sessels kopulieren, um ihre seelische Befriedigung mit einer konkreteren zu krönen. Die Epoche normaler

Selbstversorgung war zur historischen Epoche geworden, vorbei, perdue, wie Rokoko oder Barock. Fehlte eigentlich bloß noch der Name für die Gegenwart, den man, weil's keinen verbindlichen Stil gab, von diesem nicht ableiten konnte und darum eine andere kontemporäre Besonderheit benutzen musste. Treffend wäre beispielsweise »Mankoismus«, von »Manko, Mangel« stammend, doch rumort in dem Wort eine fatale Assonanz, Mitklang einer politischen Richtung, welche wir ablehnen.

»Porzellan!«, sagte Fräulein Unbereit träumerisch, und Barthold staunte über die Gedankenübertragung, welche bei der Sekretärin nur durch ein gegenständliches Symbol ausgedrückt wurde. Er winkte ab. Fräulein Unbereit presste den Zeigefinger an den Nasenflügel, was ihr zusätzlich Lust zu bereiten schien, und blickte dabei verträumt oder gedankenversunken auf Bartholds Hosenschlitz, der sich in Augenhöhe und ziemlich nahe vor ihr befand. Als Barthold das Anstößige ihrer beiderseitigen Position bemerkte, stieß er sich sacht vom Schreibtisch ab und wanderte zum Fenster.

Im Hof hob eine einsame Kastanie ihre nackten Arme zum Himmel auf, ein Bild intensiven Flehens, das Barthold, gleichgestimmt gerade, sehr berührte. Die glücklichste Lösung wäre, selbst ein Baum zu sein, selbstverständlich: naturgeschützt.

»Wie wäre es denn mit einer hübschen Antiquität, ein alter geschliffener Pokal oder so was?« Nein, überlieferte alte Gegenstände vertrug Barthold nur in seinem Institutszimmer, nicht daheim, fand aber rasch eine Ausrede:

»Es sollte eigentlich was Praktisches sein ...«

»Praktisch, praktisch – ihr Männer wollt immer was Praktisches!«, dabei verrieten die plurale Geschlechtsanrede, ungewöhnlich vertraulich dazu, und ihr erneutes Kichern, dass sie mit dem »Praktischen«, das Männer immer wollten, wohl kaum einen Kochtopf oder einen Messerschärfer meinte.

»Wie wäre es denn, wenn Sie ...«, und sie senkte die Stimme, sodass Barthold gezwungen war, sich von der Kastanie abzukehren und sie in ihrer herbstlichen Verzweiflung sich selbst zu überlassen; dabei war ihm klar, so wie in dieser Sekunde, so anthropomorph, würde sie ihm nie wieder erscheinen, weil die Gunst dieser Sekunde gegenseitigen Erkennens nie wiederkäme, was seine Stimmung weiter trübte.

»... wie wäre es denn, wenn Sie im Intershop einkauften, da kriegen Sie ganz tolle Sachen für die Körperpflege ...« Das Wort »Körper« glitt nackt von ihrer flinken und rosigen Zunge und wartete nur darauf, aufgefangen zu werden:

»Siebenundvierzigelf! Und phan-tas-tische Deos! Auch Parföng. Und für besondere Gelegenheiten auch feine Liköre, Coangtroh und so weiter ...« Eine Idee: ganz gewiss, freilich gab's eine Komplikation dabei, welche Barthold mit ebenfalls gedämpfter Stimme nannte:

»Ich habe aber gar kein Westgeld!«

Fräulein Unbereit lächelte:

»Wenn's weiter nichts ist! Da gibt's doch Möglichkeiten!«

Bartholds fünf Sinne konzentrierten sich in einem einzigen: dem Gehör.

»Das lässt sich doch besorgen. Wie viel brauchen Sie?«

Was sollte man darauf erwidern; zunächst einmal das Naheliegendste und Banalste, wodurch man die eigene Dämlichkeit unter Beweis stellt:

»Ist das nicht illegal?« Fräulein Unbereit sah ihn genauso an, wie Barthold es erwartet hatte.

»Wo leben Sie denn, bester Doktor? Wie sollten wir denn alle überhaupt existieren, wenn wir uns strikt an die Gesetze hielten. Je mehr Gesetze, desto mehr Verbrecher. Ich mach mir nichts draus. Ich meine: Wer mich betrügt, den betrüge ich wieder! Die wollen es doch gar nicht anders. Erst ist der Besitz von Westgeld verboten, dann ist er erlaubt, aber tauschen soll man nicht, was man hat, oder nur auf der Bank, aber tut man's dort, kann man nicht mehr kaufen, wozu man es eigentlich hat. Wissen Sie, Herr Doktor, ein bisschen Verrücktheit ist ja ganz schön, aber sagen Sie doch mal ehrlich: Haben Sie nicht irgendwann mal in Ihrem Leben gegen Gesetze und Verordnungen verstoßen?«

Sich die Mandeln untersuchen lassen oder den Uterus: Das ist nicht nur ein anatomischer Unterschied. Was Margarete Helene ungehemmt täte, nämlich den Mund sperrangelweit aufreißen, um Zunge, Rachen, Zäpfchen dem kontrollierenden Blick darzubieten, so sehr geniert es sie, auf dem Gerät mit den zwei Bügeln als Schenkelstützen Platz zu nehmen, um dem forschenden Auge jene andere Körperöffnung vorzuweisen, vor welcher der Teufel, wenn man den Rock lüftet, die Flucht ergreift, wie man im Mittelalter fest annahm. Innerhalb ehelicher Gemeinschaft mochte es noch zulässig sein, war sogar unleugbar mit Lustempfindungen verknüpft, vor allem wenn sich weitere sexuelle Praktiken anschlossen, durch die man intensiv an das »Doktorspiel« der Kindheit erinnert wurde. Aber das Geschäftsmäßige der augenblicklichen gynäkologischen Untersuchung, gleichgültig vollzogen wie vom Veterinär an der Milchkuh, erhöhte das Unangenehme des Vorganges. Es wäre Margarete Helene leichter zumute, dürfte sie beim untersuchenden Arzt eine erotische Beteiligung voraussetzen; würde der über ihr intimstes Teil Gebeugte eindeutige Gefühle erkennen lassen, aufgeregtes Zittern der Finger, starrer Blick, erregtes Minenspiel, Schluckbewegungen, das alles hätte dem Akt die Natürlichkeit zurückgegeben, die ihm gebührte. Obgleich sie die Notwendigkeit ärztlicher Objektivität rational einsah, kam sie sich trotzdem als Gegenstand (von ziemlich geringem Wert) behandelt vor. Möglich auch, dass die besondere Strenge des Untersuchenden daher rührte, dass sie den Besuch vorverlegt hatte; die Sprechstundenhilfe musste mit einer unerwarteten Auslandsreise düpiert werden, von der Margarete Helene kühn behauptete, dadurch den vorgesehenen Termin versäumen zu müssen, falls nicht –! Der Erpressungsversuch wurde dem Herrn über Stunden und Minuten vieler Leute übermittelt, während Margarete Helene das Motiv ihrer verfrühten Anwesenheit mit feuchten Fingern umklammerte: ein in braunes, knittriges Packpapier gewickeltes Päckchen. Positiver Bescheid kam: Sie werde »dazwischengeschoben«; etwas Geduld. Dasitzen und warten. Ringsum schweigendes Atmen, schwer und Seufzer unterdrückend; leeres Vorsichhinstarren: Jede der Frauen war mit ihrem eigenen Schicksal beschäftigt, von dem zu wünschen war, dass es unter den Händen des Arztes eine glücklichere Wendung nehmen möge. Ein deprimierender Anblick. Die ohnehin schlechte Luft erfüllt von Miasmen völliger Hilflosigkeit. Die meisten meditierten stumpf vor sich hin, den nach innen gekehrten Blick auf einen Punkt fixiert, den ihres Schadens, dem ihr übriger Körper nur locker anzuhängen schien, sodass sie sich auf einmal der Gefahr bewusst wurden, wie leicht man ihn verlieren konnte. Wahrscheinlich machte das Purgatorium den gleichen Eindruck: Abbüßung leichterer Sünden von Minute zu Minute, von einer Ewigkeit zur anderen, verdammt allein der eigenen Gattungszugehörigkeit halber. Gute Vorsätze werden hier gefasst; Selbstversprechungen gesünderer Daseinsweise; junge Mädchen schwören heimlich, sich der Zukunft nur noch in dicken Wollschlüpfern und warmer Unterwäsche zu weihen, was aber nur bis zum Ende der Eierstockentzündung nebst zugehöriger Sekretion reicht, weil man bekanntlich nichts aus den eigenen Erfahrungen lernt. Froh, der umgebenden mimischen Resignation zu entkommen, betritt Margarete Helene hinter der Schwester den Ordinationsraum, sieht die verhasste Sitzgelegenheit, volksmündlich »Pflaumenstuhl«, das unangenehme Gefühl stellt sich ein, sie grüßt und wird gegrüßt, nimmt gerade noch wahr, dass ein abgematteter Mechaniker vor ihr sitzt, Reparateur der *l'homme machine*, von dem undenkbar ist, dass er noch die allergeringste Neigung zu jenen Körperteilen aufbringe, die täglich in Massen und meist desolatem Zustand seinen Blick passieren. Die gegenteilige Wirkung ist wahrscheinlicher: Impotenz infolge totalen Überdrusses am Immerselben. Seltsamerweise ist dies nicht der Fall: Außerhalb der Sprechstunde verwandelt sich der rätselhafte mythische Schlund in einen normalen Gebrauchsgegenstand für die Freiheit. Erstaunlich geradezu, dass viele Gynäkologen ihr handflächengroßes Arbeitsgebiet auch noch zu ihrem Hobby erwählten: Idealbild weithin propagierter Einheit von Arbeits- und Privatwelt; dem Proletariat zur Nachahmung empfohlen.

»Nehmen Sie Platz, ja, wollen Sie Ihr Päckchen nicht aus der Hand legen? Schwester Ingrid, legen Sie doch das Päckchen auf den Tisch, oder sind da vielleicht Diamanten drin, naja, Spaß muss sein, dann wollen wir mal auseinander, ja, weiter!« Und indes Margarete Helene, päckchenlos, den abblätternden Anstrich der Decke mustert und vergeblich versucht, ein Gesicht oder sonstwas in den unregelmäßig geformten Putzinseln zu entdecken, waltet der Arzt seines Amtes, diktiert den Befund, der in Befundlosigkeit besteht, und Margarete Helene darf, nachdem sie den extra für diesen Zweck erstandenen geblümten Schlüpfer über das rekognoszierte Objekt gezogen, mit Unterstützung Schwester Ingrids, den unsympathischen Platz räumen.

»Alles in Ordnung; nun brauchen Sie erst im nächsten Jahr wiederzukommen. Was ist das?« Letzteres klingt erstaunt, da Margarete Helene, statt der Gelegenheit, zu entschwinden, ihr Päckchen ergreift und es auf der Schreibunterlage vor dem Weißkittel aufpuhlt.

Soll sie antworten: Ich decke jetzt die wirkliche Absicht meines Herkommens auf? Freilich, so entschlossen und folgerichtig ihre Absicht auszusprechen wäre ihr unmöglich gewesen; denn diese Absicht erlitt in den letzten Minuten Schwunderscheinungen, gewann wieder an Kraft, wobei im allerletzten Moment erneuter Energieverlust auftrat, ausgedrückt im Zweifel an sich selbst: Eigentlich war es doch völliger Unfug, was sie da vorhatte? Dann raunt ein in sonst vermutlich schlafenden Ganglien wohnender Kobold jedoch: Schaden kann's ja nicht, tu es, wozu bist du hier?

Während sich Dr. med. neugierig vorbeugte, überzeugt, seinen Anteil an der rapide um sich greifenden

Naturalwirtschaft zu erhalten, Zigarren oder Zigaretten, Whiskey oder Kognak, Kaffee oder Tabak, was er damals bei Aufnahme der Arbeit abgelehnt hatte bzw. hatte ablehnen wollen, und schon den Mund öffnete, um ein überraschtes »Das war doch nicht nötig!« zu rezitieren, schlug die Patientin das Papier auseinander, räusperte sich ein paar Mal und erklärte mit belegter Stimme:

»Die habe ich im Wald gefunden und möchte wissen, ob – ob sie vom Menschen stammen?« Trotz einer beherrschten Gesichtsmuskulatur ließ sich ein Ausdruck der Enttäuschung über die Handvoll alter, bereits brüchiger, stark kalziumhaltiger Knochen nicht verbergen. Immerhin tröstete ihn, dass er seinen Dank nicht vorzeitig ausgesprochen hatte: Es wäre peinlich gewesen, das Missverständnis, und hätte zusätzlich den Anschein erweckt, von Patienten beschenkt zu werden sei die übliche Art der Verabschiedung. Alte Knochen! Die Frau war verrückt; ab vierzig fingen die Komplikationen an, mit dem Altern oder mit dem sexuell unwilligen Ehekrüppel: Knochen! Irre! Ruhig bleiben. Höflich fragen:

»Darf man sich erkundigen, wozu Sie das wissen wollen?« Die Frau war ja ganz außer sich, Blutandrang zum Kopf, eindeutig: verfrühtes Klimakterium!

»Ich stehle Ihnen nur Ihre kostbare Zeit, Herr Doktor, es ist eine ganz alberne Sache ...« Sie wollte den trostlosen Inhalt des Päckchens wieder einhüllen, doch der Arzt hielt ihre Hand fest und bemerkte dabei ihren Puls: Donnerwetter! Über neunzig schätzungsweise!

»Mein Mann ist Archäologe, und ich habe die Knochen im Walde gefunden, beim Spazierengehen, in einer Kiesgrube, vielleicht ist da etwas für ihn zu finden, bloß ich wollte mich nicht blamieren, wollte mich nicht auslachen lassen, wenn das Schafsknochen sind ...« Wirre Begründung: Sie spürte selbst bei jedem Wort dieser mühsam hervorgelogenen Geschichte, wie fragwürdig, faul, unglaubhaft jedes einzelne war: jedes ein falscher Fünfziger, derart schlecht nachgemacht, dass keiner darauf reinfallen konnte. Bis auf den Medizinmann, der so abgearbeitet und sichtlich kaputt war, dass der Rest schlussfolgerungsfähigen Denkens gerade noch für die Diagnosen ausreichte, für abstruse Behauptungen nicht mehr. Er kramte in den wenigen Überbleibseln herum, hielt eine beinerne Röhre hoch und schüttelte den Kopf:

»Merkwürdig. Genau kann ich das auch nicht entscheiden; hier handelt, es sich um Fragmente, die für das anthropomorphe Skelett nicht signifikant sind. Der hier könnte auch zur Gattung der Setigera gehören.« Und als er völliges Unverständnis über die Züge seines Gegenübers wie einen dichten Schleier sich ausbreiten sah, fügte er rasch hinzu:

»Vom Schwein!«

Rückkehr normaler Gesichtsfarbe, Reduktion der stimmlichen Tonlage auf die gewohnte Höhe signalisierten das Abklingen des Spannungszustandes; möglicherweise lag eine Pseudo-Hysterie vor, aber welcher Fleischesklempner besaß die Zeit, darauf einzugehen. Erneut wollte die Patientin die Knochen an sich nehmen, überzeugt, einem unsinnigen Einfall nachgegeben zu haben, bemüht, jetzt so unauffällig wie möglich zu retirieren, erneut wehrte der Arzt ihren Versuch ab:

»Nein, nein, lassen Sie nur, jetzt interessiert es mich selber, ich hätte nie gedacht, dass die Identifikation irgendwelche Schwierigkeiten böte ... Rufen Sie mich nächste Woche einfach an!« Sein eigenes verblüfftes

Lachen schien ein Stärkungsmittel zu enthalten; die Unterbrechung der Monotonie, der kurze Stillstand des Fließbandes, die unwillentliche Hinwendung zu einem absolut zweckfreien Problem wirkten belebend auf ihn. Er erhob sich sogar und gab ihr die Hand:

»Also, nicht vergessen: in einer Woche etwa!« Er entließ sie huldvoll, von einer gleichfalls unverhofft gnädig die Mundwinkel hebenden Sprechstundenhilfe zur Tür geleitet. Osmotische Auswirkung der Vorgesetzten-Freundlichkeit auf Untergebene: Symptom nationalen Leidens, noch gänzlich unbeschrieben im Katalog teutonischer Anomalien. Auch Barthold, ein größeres Maß persönlicher Kühnheit vorausgesetzt, könnte eine Definition beisteuern, denn was sonst ging einem wohl im Hirn herum, während man anstand: in einem jener Läden, über dessen dicht verhangenem Schaufenster das erfundene Wort *Intershop* prangte. Diesmal aber bewies der Worterfinder, er sei nicht mit dem geriebenen Schöpfer von *Monsator* identisch, sondern ein ganz selbständiger Dummkopf. Wieso *inter*? Das hieß doch bloß: *zwischen*, was aber keiner mehr zu wissen schien, weil's mit ungetrübter Wollust überall verwendet wurde und in solchem Namenskrüppel wie *Interwein* das größere geistige Gebrechen vorwies, wie ein Aussätziger die verstümmelte Hand, was diesenfalls in der Greifswalder Straße geschah, wo Barthold nur darum mit der Straßenbahn vorbeifuhr, um sich an der allgemein akzeptierten Idiotie zu weiden. Dass dies ein billiges Vergnügen war, in jeder Hinsicht (zwanzig Pfennig das Billett), eine primitive Methode, um das eigene Selbstwertgefühl zu steigern, wusste er genau, doch wo Möglichkeiten solcher Steigerung bestehen, nimmt man sie eben wahr, und sei der Anlass noch so simpel: »Ihr seid alle doof, und ich weiß es!« – jedes Mal beim Hinaussehen gedacht, sobald die Elektrische in müdem Tempo diesen Straßenabschnitt passierte: Verachte sich doch jeder selber für die Nichtigkeit und Niedrigkeit, die ihn innerlich erhöht: »Ihr seid alle doof, und ich weiß es!« Aber was denn stellte man selbst dar, da man sich anstelle in einer Doppelschlange von Figuren, ungeduldig, ihr Geld, geronnene und nicht rückgewinnbare Lebenszeit, hinzugeben und dafür Äquivalente zu erhalten, über die man nur weinen konnte, worüber die armen Idioten jedoch toll vor Freude wurden und richtig selig. Eine Woche Arbeitskraft verkauft, Knochen hingehalten, Kopf ungefüllt gelassen, bewusstlos existiert für zwei Schallplatten, auf denen ein anderer Idiot den Mond anheulte. Ach, Brüder, ich bin nicht besser und warte in der Reihe, bis ich an der Reihe bin.

Die Schlange kam nicht voran. Eine alte Dame, ihr weißes Haar fast zur Gänze unter einer Filzhalbkugel aufbewahrt, die Brille kurz vorm Absturz von der Nasenspitze, ließ sich eine Flasche französischen Likör zeigen und erkundigte sich, ob das Parfüm auch wirklich gut rieche, es sei für ihre Enkelin bestimmt. Die Erklärung der Verkäuferin, diese Flasche enthalte keines, Parfüm gäbe es nur in kleineren Mengen, hier, wie die hier, nahm die Greisin mit Betrübnis auf und beäugte misstrauisch das winzige Fläschchen, von dem sie vielleicht befürchtete, sein Inhalt würde nur ein, zwei Tage reichen. Ihre runzligen Lippen schoben sich vor und zitterten, da sie fragte, ob sie unter diesen Umständen mehr als diesen einen Flakon haben dürfe. Selbstverständlich könne sie das, zehn, zwanzig Stück, soviel sie wolle und bezahle. Wie der Preis wäre, bat die Alte und kramte bereits eifrig in einem antiken Portemonnaie, von dem Barthold annahm, es stamme noch von der Großmutter dieser Großmutter. Die Verkäuferin warf einen Blick auf das Preisschild im Regal, auf dem »Acht Dollar« stand und sagte:

»Sechzehnsechzig«, was bei der Alten den Ausdruck absoluten Nichtbegreifens hervorrief, hypnotisiert von der Zahl acht mit der rätselhaften Hieroglyphe als Anhängsel, von der sie nicht ahnte, dass sie das Signet einer Weltmacht vergegenwärtigte. Gleich Barthold empfanden wohl alle in Sicht- wie Hörweite dieselbe Verquickung von Ungeduld und Mitleid, wobei die jeweilige Zusammensetzung individuell verschieden war. Wo die Ungeduld überwog, schallte eine Stimme her: »Wie lange sollen wir denn noch warten?«, wo das Mitleid, konterkarierte eine andere: »Wenn Sie keine Zeit haben, gehen Sie doch gleich drüben einkaufen!« Was aber unerwidert blieb, weil für den Ungeduldigen dieser Rat unausführbar war und eine Diskussion über diese Unausführbarkeit sich kaum empfahl. Die alte Frau, unberührt vom gleich nach Beginn abgebrochenen, aber mimisch fortgesetzten Dialog, erbat zwei Fläschchen, zog endlich Geld hervor und deponierte dieses erlöst auf die Glasplatte, unter der Anhänger, Rauchtopas in Goldfassung, goldene Ringe mit Mini-Karätern, Goldarmbänder für Uhren, goldene Feuerzeuge und Füllfederhalter leuchteten, deren Anblick so ungewohnt wie ihr Besitz verlockend war. Eines dieser Wertstücke sollte nach Bartholds Willen Margarete Helenes Eigentum werden. Nur auf dieser potenziellen Schatzinsel im Ozean ungestillter Wünsche und Bedürfnisse fanden diese ihre Befriedigung, eine doppelte und dreifache sogar, weil den Dingen die ungreifbare Qualität ihrer Herkunft anhaftete: Aus dem Whiskey erhob sich, wie der Geist aus der Flasche, das schottische Hochland mit seinen Klippen und Felsen, von tiefhängenden Wolken überquert, und aus dem Duft des Kognaks entfaltete sich das ewig unerreichbare Arrondissement gleichen Namens. Vorne am Ladentisch aber gab's Spektakel:

»Nein, tut mir leid!«, wiederholte die Verkäuferin mehrmals mit steigender Lautstärke und schob die vielfach gefaltet gewesenen Scheine, was ihre symmetrische Verknülltheit bewies, der alten Dame wieder zu:

»Dieses Geld nehmen wir nicht! Verstehen Sie?« Das vorangegangene Nichtbegreifen wandelte sich zu offenkundigem Entsetzen:

»Aber ich habe es doch auf der Post bekommen! Es ist meine Rente! Ist es denn falsch?« Dass dies die Wiederholung eines ihr bekannten Vorgangs sei, gab die Verkäuferin insofern zu erkennen, als sie gutmütig die verknitterten Banknoten in das von bebender Hand umkrampfte Ledertäschchen drückte und mit Nachdruck artikulierte:

»Gehen Sie nach Hause, Oma!« Barthold konnte in diesem Augenblick mit äußerster Leichtigkeit die anwesenden zwei Sorten Deutsche physiognomisch erkennen: Triumph und Betretenheit teilten sie in die bekannten Hälften, von denen die eine meinte, sie habe den Krieg gewinnbringend verloren, während die andere sich den Siegern der Geschichte zurechnete, was sie aber teuer zu stehen kam. Er sah der Greisin hinterdrein, die nach jedem zweiten Schritt stehenblieb und den Kopf schüttelte, wobei sie sich tief über ihr Portemonnaie beugte. Bartholds Kopf wurde von dem beobachteten Schütteln infiziert, sodass er es unbewusst nachahmte. Hinter ihm ein Herr oder Mann, genau ließ sich das nicht entscheiden, schloss sich dieser mechanischen Bewegtheit mit einer Variante an: Er nickte vor sich hin wie jemand, der sich einer unumstößlichen Erkenntnis beugt; dabei sagte er halblaut:

»Für alte Leute ist es am schwersten. Wenn man bedenkt, dass man selber eines Tages – Nee! Lieber vorher Schluss machen!«

Barthold stellte seine Kopfbewegung ein: »Wenn wir es nicht verstanden haben, zu leben, so ist es unrecht, uns zu lehren, wie wir sterben sollen!«, fügte aber, da sich die Brauen des anderen zu einer Zweifel bekundenden Chiffre zusammenzogen, vorsichtshalber hinzu: »Sagt Montaigne!« In den Zeiten sprachlicher Niveaulosigkeit bedient man sich besser keines gehobenen Stils oder kennzeichnet ihn als Zitat, will man nicht für verrückt gehalten werden.

Auch der andere hielt in dem gleichmäßigen Takt inne: »Aha! Wer is'n das?«

»Ein alter Franzose«, meinte Barthold, woraufhin der andere zu verstehen gab, er halte nichts von der Meinung von Ausländern: Die reisten herbei und weg und hätten von nichts eine Ahnung, außer vom Reisen.

Das war Provokation und Verführung zugleich, und Barthold, obwohl Halbweltkind genug, um es besser zu wissen, verfiel der Verlockung; der trübe Ehrgeiz, mit einer außergewöhnlichen Gedächtnisleistung prunken zu können, kam hinzu, und so widersprach er dem Anderen mit fremder und doch eigener Stimme:

»Warum reise ich so gern? Wenn man mich danach fragt, so sage ich gewöhnlich: Ich weiß, wovor ich flüchte, aber nicht, was mich erwartet. Und wenn man mir sagt, in anderen Ländern herrsche vielleicht ebenso viel Verderbnis, und ihre Sitten seien auch nicht mehr wert als unsere, so antworte ich erstens: Das ist schwer zu sagen. Das Böse sieht so verschieden aus; zweitens: Es ist immer ein Gewinn, einen sicher schlechten Zustand in einen unsicheren einzutauschen; außerdem tun uns die Schmerzen anderer nicht so weh wie unsere eigenen.«

»Verderbnis is jut! Der Junge is richtig!«, freute sich der Fremde und stieß Barthold in die Seite; teils aus Einverständnis, teils um Barthold zum Vorrücken zu bewegen, denn in die Schlange war inzwischen Leben gefahren. Dabei merkte er nicht, wie Barthold eine Metamorphose erlebte; wie ihm ein Schauder über den Rücken lief, da er plötzlich seine Identität mit einer anderen verschmolz oder von dieser ergriffen wurde: Ein nach unten lang ausgezogener Schnurrbart bedeckte auf einmal seine Oberlippe, sodass er ihn deutlich spürte, auch Kälte auf der Kopfhaut, was ihm klarmachte, sein Schädel sei kahl; faltige Stirn, starke Nase, die schön geschnittenen hellen Augen mit den elegant geschwungenen Brauen: das jüdische Erbe, der kurze Fassonschnitt des verbliebenen Haarkranzes, der Hals verborgen im steifen, gefältelten Kragen nach der spanischen Mode, er merkte deutlich dessen einengenden Druck im Nacken und unter dem leicht zurückgesetzten Kinn, bis er genau so erschien, wie ihn Thomas de Leu in Kupfer gestochen hatte, und er sich auch so vorkam, indessen er die Stimme vernahm, von der er vermutete, sie käme zwischen seinen Zähnen hervor, dabei jedoch nur des Umstandes sicher war, das er diese Stimme nicht unterbrechen konnte, da sie leichthin erklärte:

»Mein Vater hatte gelernt, dass man zugunsten seines Nächsten sich selbst vergessen sollte; dass das Einzelschicksal dem Gesamtwohl gegenüber nicht in Betracht gezogen werden dürfe. Die meisten Regeln und Vorschriften, die man so hört, gehen darauf aus, uns aus uns selbst zu vertreiben und auf den Markt zu jagen, wo wir im Dienste der Gesellschaft verbraucht werden. Es sieht aus, als wenn es etwas recht Schönes wäre, uns von uns selber abzulenken und abzubringen, da doch jeder als selbstverständlich einsieht, dass wir eigentlich zu fest an uns hängen und diese Bindung nur zu natürlich sei. Das wirksamste Mittel dagegen ist, gerade das Gegenteil von dem zu tun, was gewöhnlich verordnet wird; denn wenn man verbietet, von sich zu sprechen, ergibt sich von selbst, dass man damit erst recht verbietet, an sich zu denken ...«

Noch während des Zitierens bemerkte Barthold, dass in seinem Hintermann, den er mit einer halben Kehrtwendung sich zum Nebenmanne gemacht hatte, ebenfalls eine Veränderung vorging, wenn auch ganz anderer Art: Dessen Interesse erlosch zusehends, doch keineswegs wie Feuer Material verzehrt, schwächer und dunkler wird, sondern mehr in der Weise, wie man es mit einem Wassereimer beendet. Nach dem ersten Sturzbach noch ein Guss, und es ist aus. Der Rest: Asche. Undurchsichtige Gleichgültigkeit. Beinahe Betretenheit. Die Sätze aus dem zu Staub gewordenen Mund, wiederauferstanden nicht im Fleisch, dafür im Wort, hatten unpassend gut gepasst. Wie die Faust aufs Auge; Phrase, darinnen die Erfahrung der Folgen solcher Sprüche mitschwang. Zu vermuten war, der Fremde möchte ein gewisses Aufsehen befürchten, weil da einer vor ihm laut und ungeniert und blindwütig Tabus berührte, was, wie jedermann sattsam bekannt war, nur Ärger ergab. Ärger! Euphemistischer Begriff, in dem sich von der Rüge bis zum Urteil im Namen des Volkes angestaut hatte, was der Präzision sich entzog oder ihr entzogen werden sollte, denn gerade das Vage, Ungenaue, Unvorausschaubare, Ungewisse machte die Gewalt des kleinen Wörtchens aus, dem im Duden die Definition als Mundsiegel und Tathemmer fehlte. Aus dem harmlosen althochdeutschen Argiron hatte irgendwer den Schlüssel geschmiedet, der die Tür zum verdeckten Gewölbe bekannter Ängste aufschließt, um sie aus ihren Zellen heraus und ans Werk gehen zu lassen.

Barthold begriff ganz gut den abirrenden Blick, der ihn nicht mehr wahrnahm: Er würde nicht anders reagieren, ließe sich vor ihm jemand gehen. Es gibt Übereinkünfte, die man nicht brechen darf, und die wichtigste besteht in vielsagender Wortlosigkeit, im Zwiegespräch, bei dem man Metaphern austauscht, als wäre man dichterisch talentiert statt bloß vorsichtig.

»Was darf's denn sein?« Nach solcher konkreten Ansprache konnte man handeln, auf einen Ring zeigen, Amethyst oder was in der Fassung, und den Preis erkunden: eine geringere Summe, als man in der Tasche trug. Die Verkäuferin zog das Fach heraus, das gelb ausgeschlagene Pappschächtelchen, und stellte den Ring in seinem Bettchen vor Barthold nieder. Besonders eindrucksvoll war er wohl kaum, aber immerhin: Gülden war er, edelbesteint war er, und das war der Gelegenheit sowie seinen pekuniären Möglichkeiten angepasst. Die Verkäuferin befreite den Ring aus seiner Lage, streifte ihn über den eigenen Finger, um die Hand unter dem bläulichen Neonlicht hin- und herzudrehen, damit der

Kunde seine Entscheidung leichter treffe. Barthold traf, und hielt Herrn Fuggers Portrait hin, das er für vier wildbehaarte Marx'sche Häupter erhalten hatte; besaß dieser Kopftausch über den Geldwert hinaus noch Symbolwert, so wollte Barthold diesen ignorieren.

»Da bleiben zehn Mark Rest! Wollen Sie dafür noch etwas haben? Schokolade? Kaffee? Zigarren? Zigaretten? Tabak?« Oh, unerwartet weitete sich Bartholds Hirn um Bahnhof Friedrichstraße im Jahre 1945 aus, und ihn, den Jüngling, der hindurchging, umschwirrten ähnliche Klänge eindringlich, dasselbe anbietend und noch mehr: Mehl? Zucker? Feuersteine? Kaugummis? Doch schon in dem Moment, da Barthold sich für eine Flasche Steinhäger (in der Tonkruke) entschied, hatte sich der Bahnhof jener Epoche wieder ins Vergessen oder in die Struktur der Zellkerne zurückgezogen, war fort, verflogen, wie das Leben selbst seitdem.

Den Ring in der Hosentasche (sicherster Platz, da merkt man den Zugriff genau), die eingewickelte Flasche unterm Arm, begibt er sich heim. Vordem hat Barthold aus der klingelnden Registrierkasse noch einige kleinere Münzen bekommen, doch keinerlei Absolution für sein Devisenvergehen, an dem eine größere Kasse partizipiert. Du bist ein Verbrecher, Barthold! Jedenfalls dem Gesetz nach. Du hast es verletzt, Barthold! Bist du dir dessen bewusst? Auch wenn es nicht blutet und schreit (das tun bekanntlich nur die unwichtigeren materiellen Produkte), solltest du dessen eingedenk sein. Barthold, Barthold, wie soll das enden? Das gibt noch Ärger. Du hörst zu sehr auf deinen Berater, dessen Ratschläge dir durch ihr Alter ehrwürdig und zweifelsfrei geworden sind, woraus du ihren praktischen Wert ableitest. Und diese Stimme außerhalb wie innerhalb deiner Person tröstet dich noch über dein Vergehen hinweg:

»Überhaupt halten sich ja Gesetze nicht deshalb, weil sie gerecht sind, sondern weil es Gesetze sind. Dies ist die geheimnisvolle Begründung ihrer Gültigkeit; sie haben keine andere; und das ist gut für sie. Gesetze werden oft von Dummköpfen geschaffen; öfter noch von Menschen, denen gleichmäßiges Abwägen zuwider ist und die deshalb dem, was recht und billig ist, versagen; aber jedenfalls immer von Menschen, deren Schöpfungen, wie die aller Menschen, eitel und unklar sind. Nichts anderes so schwer und so weitgreifend mit Fehlern belastet wie Gesetze; nirgends treten sie so regelmäßig auf.« Obwohl Barthold sich selbst mit Montaigne zuredet, strebt er unruhig heimwärts, denn es liegt im Wesen unserer Ängste, dass keine Aufklärung sie erreicht und auflöst. Erfahrung, und falls nicht eigene, dann miterlebte, wiegt schwerer als alle Philosophie. In Sicherheit ist nicht, wer die Schwelle seines Hauses überschritten, sondern wer sich endgültig in ihren ausgetretenen Bogen verwandelt hat.

Vieles ist noch offen. »Nennen Sie mich Müller!« ist noch nicht gesagt worden. »Hier ist mein Ausweis!« ebenfalls noch nicht. Einiges steht noch aus. Gewisse Überraschungen, auf die man gut und gern verzichten könnte; zwar nicht ständig, aber immer erwartet man Schlimmes, das, sobald es eintrat, ganz natürlich erscheint, wie dazugehörig, und man sich nur wundert, dass es nicht schon längst passiert ist.

Salz und Pfeffer, aufbewahrt in Tönnchen mit perforierten Deckeln und der Aufschrift *Salz* und *Pfeffer*. Sahnequark in rechteckiger Plastikpackung. Die winzige

Nachbildung eines Gletschers aus Butter. Messer mit schwarzen Ebenholzgriffen aus dem Jahre 1935. Zwei Sorten Wurst. Vollkornbrot. Die Kanne mit dem dünnen Tee: um keine Schlaflosigkeit durch Teein zu verursachen. Der Abendbrottisch. Das Ehepaar. Kopie einer Szene, für die kein Original bekannt ist. Und die Stimmung? Ungewöhnliche gegenseitige Rücksichtnahme und Höflichkeit:

»Möchtest du noch etwas Leberwurst? Hier, bitte, nimm doch.«

»Danke, danke. Willst du noch Tee haben, warte, ich gieße dir noch ein ...« Und so auffällig weiter und so erstaunlich fort. Dazwischen: schweigendes Kauen, der Blick im Nirgendwo oder auf dem Zwiebelmuster ähnlichen Ornamenten der Wachstuchdecke. Als später Margarete Helene eine Zigarette aus einem geschnitzten Holzkästchen nahm, dem nach Deckelöffnen einige Takte von »Jingle Bells« entstiegen, vom verborgenen Spielwerk im doppelten Boden hervorgebracht, stand Barthold sogar auf, um ihr Feuer zu reichen. Solche Dienstfrigkeit in einer kaum noch frischen Ehe ist kein Ergebnis hingebungsvoller Liebe: Es steckt etwas dahinter, und das ist das schauspielerische, aber unwillkürliche Unterfangen, vor dem anderen ein Geheimnis zu verbergen: Antrieb hastiger und überbetonter Handlungen ist die Furcht, der andere könnte einem am Gesicht ablesen, was man verberge, danach fragen: Ist was passiert? Wo warst du heute? Hat sich was ereignet? Was nicht in Ordnung? Fragen, die falsch zu beantworten größere Mühe verursachen würde, als sie durch ein zutunliches quickes Benehmen gar nicht erst aufkommen zu lassen. Auch überspielt man die eigene Unsicherheit, das Resultat dauernder innerer Beschäftigung mit einem Geldwechsel etwa oder einem Knochenfund. Das außergewöhnliche Verhalten des einen wäre dem anderen aufgefallen, hätte den nicht ebenfalls das Abenteuer spontanen Tuns absorbiert, dessen mögliche Nachwirkungen nun im Hirn hin und her gewälzt werden.

»Noch einen Tee, Barthold?« (Wahnsinn, die ollen Knochen zum Arzt zu schleppen: Was, wenn sich nun ihre menschliche Herkunft herausstellt? Würde nicht der bisher selbst beargwöhnte und mit wechselndem Erfolg zurückgewiesene Verdacht bestätigt, Barthold habe Elfi zur Lawine geschleppt, die sie beide mitrisse?)

»Danke, ja, vielleicht noch eine Tasse. Wie war's denn beim Arzt, Schätzchen?« (Zu spät die Erkenntnis, sich mit dem Währungstausch zugleich dem Tauschpartner ausgeliefert zu haben, Kumpan und damit erpressbar geworden zu sein. Eine Sekretärin, Tippse, hat nichts zu verlieren; die stellen sie immer wieder irgendwo an, aber einen auf dem Pfade der sozialistischen Tugend gestrauchelten Wissenschaftler schickt man bekanntlich in die metaphorische Wüste, wo er verhungern und verdursten kann. Bloß weil man seiner Frau mal ein besonderes Geschenk machen wollte. Aus positivem Ansatz das negative Ergebnis; möglicherweise auch ein Symptom höherer Ordnung.)

»Ach, wie immer, Barthold: scheußlich eben. Dass man sich da unten reingucken lässt, irgendwie ist das eine ganz blöde Situation ... Ihr Männer habt es eben gut ...«

(Barthold, Barthold: Wie konntest du nur tun, was du hoffentlich gar nicht getan hast. Und wenn, wäre es wohl aus Liebe zu mir geschehen, bilde ich mir ein, und ich müsste dir verzeihen, und weiß nicht, ob das ginge. Eine

Mutter verzeiht ihrem Kinde alles, wie man immer hört und liest, aber ob das wirklich stimmt?)

»Was heißt: gut? Dafür stecke ich im Institut und muss mir woanders reingucken lassen, in meinen Kopf, verstehst du, und das ist auch nicht gerade das Paradies. Man sollte solche Stellung nicht als etwas Ewiges ansehen. Schließlich gibt's auch noch andere Existenzmöglichkeiten.«

»Das stimmt schon, aber dafür handeln Frauen oft unüberlegt, folgen unkontrollierten Einfällen, man sollte sie darum nicht verurteilen. Oft sind ihre Absichten besser als das, was sie damit erreichen ...« Das sprach Margarete Helene bereits zum Abwaschbecken, drehte sich um, die Enge der Küche forderte körperliche Kontakte, und Bartholds Kopf wurde unerwartet ergriffen und in Magenhöhe an ihren Leib gedrückt; sein angepresstes, aber gleichzeitig unangenehm abgeknicktes Ohr hörte ganz nah ein Gluckern, eigentümlich unmenschlich, eher einer chemisch-physikalischen Anlage zuzutrauen, wie man sie von Laboratorien kannte; weiter oben und wie nicht dazugehörig, vernahm Barthold:

»Ja, mein Junge, so ist das eben. Du weißt, dass du mir alles sagen kannst!«

(Beruhige dich; streite ab, dass Elfi auf unaussprechlichem Wege; sag: Sie ist nach Australien, du hättest noch einen Brief von ihr, der das bestätigt, ich würde es nicht übelnehmen!) Der Druck verstärkt sich, sodass Bartholds Ohrmuschel leichten Schmerz signalisiert; mittels halber Drehung versucht er, sein Ohr günstiger zu platzieren, die Anknickung auszugleichen und gleichzeitig die Loslösung überhaupt einzuleiten. Dabei spricht er an ihrem Bauch vorbei zur Teekanne hin:

»Ich habe nichts zu verschweigen!« (Die Steinhäger-Kruke sofort nach dem unbeobachteten Nachhausekommen im Schreibtisch untergebracht, nachdem er vom Flur aus »Schönen guten Abend! Ich ziehe mir nur die Hausschuhe an!« zur Küche hin gerufen hatte. Und hinter Jacob Burckhardts Kulturgeschichtlichen Vorträgen (da geht sie nie ran) den Ring deponiert. Warum also diese besorgt-mütterliche Ausforschungsmasche? Handelt es sich um ein erneuertes Stoßtruppunternehmen in Richtung Elfi?

»Ich habe dir doch schon vorgestern gesagt, die Elfi-Geschichte bedeutet heute nichts mehr, du kannst mir das glauben …« Unerwartet, wie er eingefangen, wird Bartholds Kopf freigelassen: ein überraschend amnestierter Gefangener, der sich erst an den neuen Umstand gewöhnen muss.

»Selbstverständlich, mein Lieber, es ist ja alles in Ordnung …« und mit dem Daumennagel einen angebackenen Rest vom Abendbrotteller kratzend: »Was vor mir war, das interessiert mich gar nicht, oder bloß mehr aus Neugier; wenn deine Elfi heute wieder auftauchen würde, das ließe mich völlig kalt …«

»Aber sie wird nicht wieder auftauchen! Da sei ganz beruhigt!«

Das Gegenteil ist der Fall; woher nimmt Barthold solche Gewissheit über Elfis ferneres Wegbleiben: so was geht einem durch und durch, wenn man das noch mal im eigenen Kopf nachklingen lässt:

»Wohnt sie denn nicht in Berlin? Sie wird doch nicht etwa aus Sachsen sein, Barthold?« Barthold schaut sich bereits nach einem Fluchtweg um; manchmal wird Margarete Helene unerträglich in ihrer Sucht, sich zwischen seine Gehirnfalten zu drängen und wie mit einer Tüllenbürste die letzten, ihr unbekannten Krümel vorzuholen.

»Quatsch, Sachsen. Im übrigen weiß ich nicht, wo sie hin ist!« Die Abwäscherin stockt; sie hat ganz deutlich und laut nichts anderes gehört als: Sie ist hin! Das steht mal fest. Das hat er doch eben gesagt? So redet man doch nicht von einer Lebenden. Hin! Mein Gott!

»Hör auf, Lene, das ist doch Mistikack, deine ganze Fragerei nach dieser Dame. Ich bin sie los, und das ist die Hauptsache!«

(Oh Gott!)

»Sag mal, Margarete, ist dir nicht gut? Du guckst so schräg. Sicher ist dir wieder die Zigarette nicht bekommen, ich rauche doch auch nicht, trink lieber einen Magenschnaps ...«

(Sie ist hin! Er ist sie los! Das ist die Hauptsache! Mein Gott, mein Gott!)

»Soll ich dir einen eingießen?, das wird dir guttun, wie es in den Fernsehkrimis immer heißt, du weißt ja, wenn sich der Kommissar über den gerade noch dem Mörder Entkommenen beugt: Trinken Sie das, das wird Ihnen guttun ...«

(Wie kommt er jetzt *darauf*? Wegen der Nähe der Assoziation? Herr du im Himmel!)

»Na, wie du willst, dann nicht. Ich gehe jedenfalls jetzt ins Bett. Ach, weißt du übrigens, was ich neulich Nacht geträumt habe?«

Margarete Helene schüttelt den Kopf, über die Teekanne gebeugt, deren bräunlich gefärbtes Inneres unter dem Warmwasserhahn nur ausgespült wird: Die Tee-Patina da drinnen darf nicht mit Geschirrspülmitteln beseitigt werden, sonst schmeckt der Tee schlechter.

»Entschuldige, du kannst es natürlich nicht wissen, ich will es dir ja erst jetzt erzählen. Also: ich habe von Walter Ulbricht geträumt. Was sagst du dazu? Wir trafen uns in einem Keller oder so, die näheren Umstände sind mir entfallen, es war aber komisch ... Ob er auch träumt – manchmal wenigstens? Von uns vielleicht? Ich meine, nicht von uns persönlich, von uns als Bevölkerung. Was meinst du?« Schulterzucken; angestrengt herausgebracht:

»Kann schon sein. Bin auch gleich fertig. Geh nur schon nach oben ...« Und Barthold geht und hofft, nicht von seinen Befürchtungen im Traum heimgesucht zu werden; es wäre ihm unbehaglich, heute Nacht schon wieder Fräulein Unbereit zu treffen; selbst ihren Schemen möchte er bannen; mahnt sich zum Wegdenken, denn woran man vorm Zubettgehen denkt, pflegt oft genug in den sprichwörtlichen Schäumen wiederzukehren.

Wieder in London. Es ist wieder London, keine Straßen diesmal, keine lockenden Kramläden, keine fernen Brücken über den Fluss oder durch Straßenzüge, damit man die Bahnen in Höhe des zweiten Stockwerkes hingleiten sehen kann, es ist ein Museum diesmal. Wahrscheinlich das Britische Museum. Das Hauptportal von zwei riesigen Sandsteinlöwen behütet; sie sind alt und haben schon den Dr. Marx gekannt, der hier ein- und ausging, ein und aus, ohne dass sie ihm den Zutritt verwehrten, was gewisse Weltläufe anders hätte sich vollziehen lassen. Aber Barthold ist an ihnen nicht vorbeigekommen, kann sich zumindest nicht erinnern, da er durch die Räume geht, auffällig kleine übrigens, mit Schaukästen an den Wänden, glasgedeckten Ausstellungstischen und hingehängten Exponaten, was er alles nur im Vorbeigehen registriert, nicht genau erkennt, überzeugt, an phantastischen und einmaligen Dingen vorüber zu paradieren, ohne jedoch stehenbleiben zu können. Er läuft immer weiter und nimmt sich vor, später einmal in Ruhe alles anzuschauen; kein Ziel treibt ihn, oder doch ein Ziel, das sich im allerinnersten Kern des Gebäudes, dessen Dimensionen sich nicht einmal erraten lassen, verborgen hält. Barthold ist der einzige Besucher. Eine gewaltige Freitreppe aus rötlichem Travertin schwingt sich zu einem Saal hinab, um gegenüber erneut aufzusteigen: Er steigt abwärts und gelangt in die Toilettenräume, völlig verkommen und seit hundert Jahren weder repariert noch gestrichen; verfaultes Holz und ausgebröckelte alte Kacheln, rostgefärbte Becken, eichene Brillen, die Faserstruktur geborsten und gerissen; überall Feuchtigkeit, besonders auf dem Boden, Kotreste in geplatzten Porzellanschüsseln; Gestank, den man einatmet, bis man ein Klosett findet, hinter grob zusammengenagelter hölzerner Tür, nicht verschließbar, der Sitz derart, dass sich Barthold nicht zu setzen wagt. Dabei die intensive Ahnung, schon einmal hier gewesen zu sein, alles zu kennen, genau wie die fast unmöblierte, ins Endlose sich erstreckende Altbauwohnung, in welcher sich Barthold unversehens, doch ohne überrascht zu sein, aufhält. Er kniet vor einer Öffnung dicht über der Scheuerleiste nieder; er weiß ganz genau, dass von dieser Öffnung aus kaminähnliche, sehr enge Gänge abgehen, teils mit Asche, teils mit Ziegelschutt gefüllt, vermischt mit unvorstellbaren Gegenständen, die ans Licht kämen, begönne man nur, Asche und Schutt aus dem Mauerdurchbruch zu kratzen. Man könnte hineinkriechen in die Enge, wozu Angst und Neugier, die mehr als Neugier ist, furchtbar verlocken. Dabei ist ganz sicher, man würde mitten in der Röhre steckenbleiben, das ist Barthold schon einmal passiert, in einem anderen Traum, welcher in diesem jedoch den Wert von erinnerter Realität besitzt. Aus der Asche entbergen sich kleinere Objekte, Knochenwürfel etwa, also haben die früher bereits das Spiel gekannt, und Barthold nimmt sich vor, diese sensationelle wissenschaftliche Entdeckung nicht zu vergessen, sondern später allseits bekanntzugeben. Leider nehmen ihm die Polizisten in Zivil, in deren Mitte er sich plötzlich befindet, die Würfel ab, auch Ausweis und Geld und Brieftasche: Jetzt haben sie ihn also doch erwischt. Sie führen ihn ab, und er soll eingegraben werden in einem Tell, einem Ruinenhügel, wo er herstammt, und von wo er ausgerissen ist; man stößt ihn in die Tiefe eines Grabungsschnittes, die verschieden gefärbten Schichtungen an den Seitenwänden steigen beidseits empor, als führe er in einem Fahrstuhl abwärts, doch bevor er unten aufschlagen kann oder als er aufschlägt, bäumt er sich im Bett, als hätte der Sturz in die Tiefe tatsächlich stattgefunden, nur in einer anderen Wirklichkeit als der gewohnten. Es dauert eine Weile, um sich zurechtzufinden, in welcher der Zweifel entsteht, ob er sich wirklich aufgebäumt hat, aber das Körperempfinden ist noch von dem wilden Hochschnellen des Leibes, wie ein Fisch aus Sand, beeindruckt und scheint von diesem Schreckens-Reflex in allen Fasern einen Abdruck genommen zu haben. Woher dies Fallen und Aufschlagen oder Beinah-Aufschlagen wohl stammen mag? Ob es, wie gewisse (bürgerliche) Anthropologen behaupten, ein Erinnerungsrudiment aus dunkelgrauer Vorzeit ist, da wir aus Sicherheitsgründen auf Bäumen schliefen? In der Finsternis des Schlafzimmers, noch nicht gänzlich zur kritischen Vernunft gekommen, kommt es Barthold vor, als sei an derartigen Spekulationen etwas Wahres. Überhaupt! Während er, beide Arme seitlich von sich gestreckt, an der Zimmerdecke das ihm längst bekannte Kunstwerk mustert, kollektive Schöpfung der talentierten Straßenlaterne und des begabten Ahorns, erscheint ihm der Traum von schlechter Vorbedeutung. Es ist natürlich Quatsch, Traum ist Traum, ein unkontrollierter Aufstand der Gedächtnispartikel, und nach besagter »Gesetzesverletzung« von Polizei zu träumen ist ja wohl logisch – zugleich aber will das Unbehagen nicht weichen, dass geschehen werde, was solchermaßen seinen trüben Schatten vorausgeworfen hat. In der von Margarete Helene schwer durchächzten Nacht – sie liegt auf dem Rücken, ihre Bronchien haben das nicht gerne – erzeugte die Eindringlichkeit des Traumes realistische Gewissheit. Wir sind zwischen Tag und Nacht immer noch geteilt; das Belächelte wird um vierundzwanzig Uhr zu Beängstigung, um morgens nach dem Frühstück in seinen vorhergegangenen Status zurückzusinken, wobei ungewiss ist, auch für Barthold, welcher eigentlich der echte ist. Übrigens wird Barthold, sobald dieses erträumte Zusammentreffen demnächst stattfindet, zwar nicht gleichartig und genauso, als erstes und sofort an diesen Traum denken. Und ob nicht doch im Schlaf einem aus der entgrenzten Bilderwelt eine kleine Prophetie heimlich zugespielt werde. Obgleich Ursache und Wirkung, Vergehen und Aufdeckung einen chronologischen Zusammenhang bilden, ist Barthold geneigt, den abseitigen metaphysischen Umweg im Denken zu machen – natürlich nur nachts. Am liebsten stünde er jetzt

auf, schliche ins Arbeitszimmer: auf zur Firma Steinhäger, die mit einer Dependance in seinem Schreibtisch
vertreten ist. Jetzt braucht man einen Schluck zum Wie-
dereinschlafen. Das Übel kommt vom Mangel an Alter-
nativen. Die lassen einem ja keine andere Wahl, als sie zu
betrügen. Jeder ist sich selbst der Nächste, und indem
jeder für sich selber, wo notwendig, das Gesetz zu umgehen sucht, garantiert er damit gleichzeitig den Fortbestand des Gesetzes, da er es durch fortwährende
Verletzung am Leben erhält. Legislative wie Exekutive
dürfen der Vollbeschäftigung sicher sein, wenn sie die
Allgemeinheit mit einem Netz kodifizierter Verhaltens-
vorschriften überziehen, denn jedes Zappeln der im Netz
Befindlichen muss nun als Abweichung geahndet werden.
Aus diesem Grunde nageln manche Leute an die Tapete
ihres Wohnzimmers Sprüche wie »Seitdem ich die Menschen kenne – liebe ich die Tiere!« gerahmt, auf Kachel
gemalt, in bunter Fraktur: verquerer Ausdruck histori-
scher Erfahrung, immer verraten und belogen worden zu
sein. Und das Fatale an solcher Schlafunterbrechung ist,
dass man, wehrt man die am Anfang noch schwächlichen
Gedanken nicht gleich ab und dreht sich auf die andere
Seite, ein wehrloses Objekt dieser athletisch werdenden
Gedanken wird; zum puren Kaleidoskop, in welchem sie
sich zu immer neuen, immer beängstigenderen Mustern
sammeln. Eine Schlaftablette? Fünftausend Tabletten gestattet die medizinische Statistik Barthold, danach garantiert sie ihm Nierenversagen und Exitus. Und wie viel hat
er bisher eingenommen? Nie gezählt, selbstverständlich.
Eins aus dem Röhrchen, eins ins Kröpfchen: der Griff
zur Nachttischschublade leicht. So was liest man nie.
Wenn einer mein Leben beschriebe, wozu überhaupt

keine Aussicht besteht, bin weder Schliemann noch Carter, bloß Kuli kruder Tonscherben, das würde, bei aller Ehrlichkeit und gutem Willen des Autors mich nur zeigen, wie er mich sähe. Tabletten fehlten. Nacht fehlte. Angst fehlte. Daher misstraue ich Biographien. Einer einzigen gestehe ich Wahrheit zu, die ruht an meiner Seite: auf dem Nachttisch, ist zerfleddert, der Rand des Satzspiegels bekritzelt, mit Unterstreichungen und Ausrufezeichen, von den Merkmalen eines stürmischen Buchschicksals geprägt, von wieder geglätteten Eselsohren geschändet, Montaignes Leben von ihm selbst in vierhundertvier Seiten (plus Sachregister) verwandelt. Ohne Margarete Helene und Montaigne zu wecken, unter Ausschaltung der Sicht bringenden Nachttischlampe, nur vom Dämmerschein der Straßenlaterne unterstützt, erhebt Barthold sich, verzichtet auf die Pantoffeln. Schiebt Fuß vor Fuß, bis er unfallfrei vor dem Schreibtisch angekommen ist und wie ein Dieb die Lade aufzieht. Knackendes Geräusch beim Aufbrechen des Flaschenverschlusses. Von Lipp' zu Kelchesrand, welcher fehlt, Küsschen-Küsschen, innig, zärtlich sich verbindend der Flüssigkeit, die in dieser Konzentration eine Erfindung mittelalterlicher Mönche und der Nachweis war, dass jede Neuentdeckung Zeit zu ihrer Entstehung benötigt, was heißt: Zeit derjenigen, die sich mit ihr befassen. Ihnen jedenfalls verdankt Barthold gleich den verfremdeten Anblick des Gartens, über den er auf andere lichtlose Häuser, schwarze Baumkronen hinwegsieht. So unbekannt war ihm die Welt, vertreten durch ineinanderfließende Umrisse, unklare Silhouetten, vordem nie gewesen. Gefühl völliger Fremdheit und Verlorenheit: als hätte man sich verlaufen, aber auf besondere Art, nämlich mit der todsicheren Gewissheit, niemals zurückzufinden. Verzweiflung: entweder sie hinausschreien, was unsinnig wäre, weil es niemand hörte oder wenn schon: das für das übliche trunkene Randalieren hielten. Es lag Barthold auch nicht, dann schon eher: schmerzliches Einverständnis, möglich durch Schizophrenie: an sich herumgetreten und über den zurückgebliebenen Rest sagen: Recht geschieht dir, und solchermaßen zufrieden sein, dass es dem anderen, der man selber ist, beschissen geht. Es gibt eine Befriedigung am Unglück, durch welche die Seiler ihre Produkte zweckentfremdet sehen müssen und die Gasanstalten ihre Erzeugnisse missbraucht. Kein Hass auf diese finster verschwommene Welt und die unsichtbare, wahrscheinlich insgesamt schlafende Gattung darinnen, liebe die Tiere, ich auch, na klar, nicht einmal der Bodensatz disparater Verneinung des eigenen Selbst, an mir verdienen die Hanffabrikanten nichts, nur zur Gänze vereinsamt und sinnlos an dieses Fenster gestellt, so kam Barthold sich vor. Wie in einen Traum verschlagen, aus dem es kein Erwachen gab: Das war das Schlimme. Die früher glaubten wenigstens noch daran, ein Posaunenstoß würde ertönen, aufgestanden Leute, jüngstes Gericht, aber Barthold wusste zu gut: Er wäre nicht dabei, weil dieser märchenhafte Vorgang nur eine liebenswerte Idee zum Ausgleich seelischen Ungleichgewichts war. Dagegen benutzen wir heute Steinhäger: rasch noch einen Schluck, um die Lage zu seinen Gunsten zu beeinflussen. Er sagte auch einmal vor sich hin »Alles Scheiße« oder etwas Ähnliches, wischte sich mit dem Handrücken den Mund ab und schlich, nach dem Steinhäger ins Versteck gekrochen, ins Badezimmer, wo er unter Beachtung größter

Lautlosigkeit sich die Zähne putzte, damit Margarete Helene beim Erwachen nicht jenen Dunst wahrnähme, den Alkohol hinterlässt.

»Was geschehen ist, ist geschehen. Zu spät. Ich habe mich in die Sache reingeritten, und vielleicht kommt es nie ans Tageslicht!«

Und weil die hochprozentige Flüssigkeit jetzt erst recht zu wirken anfing, fügte er seinem Monolog einen Epilog hinzu. »Das bekommt sie raus, quatsch, wieso auch, das machen doch zehntausende von Leuten, da sollen sie die alle erst mal einsperren!« Barthold konnte zu diesen weisen Worten nur nicken, innerlich zumindest, weil äußerlich der Hinterkopf in der gewohnten Kuhle des Kopfkissens lag und der Zustimmung nicht folgen konnte und außerdem unverhofft das Bewusstsein verlor, ohne sich noch einmal in London oder sonstwo wiederzufinden.

III

»Sie können mich Müller nennen!« Also hieß er wahrscheinlich Schmidt; das sollte vermutlich strikt geheim bleiben, weil unvoraussehbar war, ob nicht gerade diese beiden Silben dem allgegenwärtigen Feind dazu dienen mochten, den Hebel so anzusetzen, dass die ganze neue Welt aus den Angeln gehoben würde. Einerseits zwar war dieser Feind unendlich schwach, sodass er Entscheidendes nicht auszurichten vermochte, andererseits jedoch erwies er sich wiederum als unendlich stark, sodass es der Aufbietung aller verfügbaren Kräfte bedurfte, um dieser Stärke zu widerstehen. Entsprechend seinem aus scheinbar sich gegenseitig ausschließenden Eigenschaften zusammengesetzten Wesen, bestand auch das unsere aus der gleichen rätselhaften Konsistenz, was Herrn Müller, der gar nicht Müller hieß, während seiner Ausbildung gewisse Begriffsschwierigkeiten bereitet hatte. Aber das war eben die höhere politische Wissenschaft, die man erst genau studieren musste, wollte man die Widersprüche verstehen und sich am Ende aufschwingen zu dem krönenden Gipfel, von dem alles zu übersehen war: der Dialektik. Dann fiel es einem wie Schuppen von den Augen, erkannte man, dass man stark und schwach zugleich sein konnte und dass es darauf ankam – das war die eigentliche Aufgabe –, dieses dialektische Verhältnis nicht ins Ungleichgewicht geraten zu lassen, indem man mit allen, oder doch fast allen, Mitteln die Schwächen in Grenzen zu halten sich mühte. Punkt eins war die Geheimhaltung der Schwächen. Eine geheime Schwäche ist nie so stark wie eine bekannte Schwäche, die ja durch ihre Publizität ausgenützt werden kann. Wenn zufällige Berührungen zwischen den Weltsystemen entstanden, was sich manchmal schon durch die Geographie nicht vermeiden ließ, und zwar an Stellen, wo beim einen die Schwäche, beim anderen die Stärke bestand, da konnte der Ort des Kontaktes leicht zum Archimedischen Punkt werden, aber wie diese Punkte niemals eindeutig als solche gekennzeichnet waren, durfte man, ja, musste man sie eben überall vermuten, deshalb galt es, durch ein Maximum an Abschirmung, die Anzahl potenzieller Punkte einzuschränken. Das war ganz einfach, ganz logisch. Nur begriffen die Leute es nicht, und es ihnen auseinander-zusetzen, hätte bedeutet: das Geheimnis zu lüften, also wiederum die Entblößung eines besagten Punktes; daher musste, wohl oder übel, auf das grundlegende Verständnis der Betroffenen verzichtet werden, in deren Auftrag, auch wenn sie davon nichts wussten, Herr Krause oder Lehmann eben handelte. Leider sind wir noch nicht so-weit, dass wir unsere Arbeit im vollen Licht der Öffent-lichkeit durchführen können, weil das öffentliche Be-wusstsein noch ein Rudiment aus alter Zeit ist, das aber im Laufe des Entwicklungsprozesses verschwinden wird. Dann kann man ganz offen auftreten, seinen Dienstgrad und richtigen Namen nennen, sagen: Ich komme wegen Ihres Mannes, der Fall liegt so und so und nun geben Sie mir mal Auskunft, gute Frau! Glückliche Zukunft, von der man nur träumen kann! Bis dato aber bewegt man sich im Volk nicht wie ein Fisch im Wasser. Man muss eine eingeübte Rolle ausfüllen, nachdem man an der Gar-tenpforte der besagten Person geklingelt hat, aber nur die Ehefrau derselben antrifft und nach der Abwesen-heit ihres Gatten fragt. Sie schüttelt den Kopf, indem sie schon das hölzerne Gatter öffnet, das, wie der geschulte Blick registriert, dringend eines neuen Anstriches bedarf:

»Nein, mein Mann ist nicht da! Kommen Sie vom Ver-trauensarzt? Mein Mann hat extra Spaziergänge verordnet bekommen ...« Der junge Mann (es ist immer ein junger Mann, ältere Jahrgänge weisen erstaunlich wenig Affinität zu diesem Berufszweig auf) zieht seinen Ausweis hervor, für eine genau bestimmte kurze Zeitdauer vorgewiesen, damit man nicht zu viel darauf erkenne (Archimedischer Punkt!), und begleitet diese Geste mit der Nennung sei-ner Dienststelle und der Bitte, eher Anweisung:

»Sie können mich Müller nennen!« Warum diese Frau aufgeregter ist als andere in ihrer Lage, kann sich Herr Lehmann oder Schulze nur damit erklären, dass sie, wie alle Leute, ein schlechtes Gewissen hat, das bei seinem Erscheinen in Bewegung gerät. Irgendeinen Dreck hat jeder am Stecken! Und der meldet sich in solchen Momenten. Was er von ihrem Mann wolle, bringt sie angestrengt heraus, und Herrn Schmidt oder Krause wird es unbehaglich, weil sie den Eindruck macht, auf der Stelle umzusinken, was besser vermieden werden sollte. Vielleicht ist sie herzkrank.

»Nur eine Auskunft, es handelt sich nur um eine Auskunft!«, versucht er sie zu beruhigen und zugleich zu erreichen, dass sie ihn nicht hier draußen mitten in der Gartentür abfertigt; ohne es zu sehen, weiß er, dass in dieser stillen Vorort-Straße mit den Ein- und Zweifamilienhäusern Scharen alter Frauen und Männer hinter den Gardinen auf Beobachtungsposten stehen, und er hat es nicht gerne, bei seinen Aufträgen beobachtet zu werden. Das widerspricht einem erstrangigen Prinzip: das Auge des Gesetzes soll alles sehen, selber aber ungesehen bleiben!

Margarete Helene befindet sich in einem kontradiktiven Zustand, den sie selber nur mit einem falschen Bild umschreiben könnte: sie fühlt sich zu einer Säule aus roter Grütze erstarrt. Das kommt von der Angst, die alle Energien absorbiert, sodass für Bewegung, Sprache, Denken nicht der allergeringste Rest übrig bleibt. Sie ist bis in die Zehen- und Fingerspitzen, bis unter die Haarwurzeln, mit einem Wort durchsetzt und ausgefüllt, dass kein Platz für ein anderes, jetzt dringend benötigtes, mehr vorhanden ist; dieses Wort heißt KNOCHEN! *Die Knochen!* Gleich als der junge Mann den geheimnisvollen Ausweis zog und nach Barthold fragte, durchfuhr sie das Wort, vom besitzanzeigenden Namen begleitet: Elfis Knochen! Der Arzt hatte Elfis sterbliche Überreste zur Meldung gebracht, oder wie man sagt, und schon sind sie da, um den Fall aufzuklären! Was wird, falls sie Barthold einsperren? Selbst wenn er's nicht gewesen sein sollte, Unfall, Unglücksfall, sogar tödliche Infektion, irgendetwas »Normales« als Ursache ist möglich, was soll bloß werden? Und morgen wird sie vierzig und muss vielleicht den Geburtstag ohne Barthold feiern! Feiern würde sie natürlich nicht, aber vierzig würde sie auf jeden Fall. Alles wegen Elfi. So zu denken ist unmoralisch und unmenschlich, aber wie wahr!

»Wann wird Ihr Mann wieder zurück sein?« Margarete Helene zuckt die Achseln: Bartholds Pläne sind ihr unbekannt, vielleicht spazieren, vielleicht in der Stadt, noch etwas für ihren Geburtstag besorgen, und während sie das zu erklären sucht, missfällt ihr der Gesichtsausdruck des Herrn Nennensiemich immer mehr: dieses Pokerface üben die sicher vorm Spiegel, die Mache klebt ja noch dran: Der denkt sicher, ich will es nicht sagen; das denken *die* immer; immer denken *die*, man will was verbergen. Und dem heimlichen, doch sie jetzt belebenden, die Starrheit lösenden Zorn über das obligatorische Misstrauen, an dem jede Deklaration und Deklamation zerschellt, weil es die wahre Wahrheit ist, mengt sich eine Doppelportion Trotz bei, weil der Andere richtig gedacht hat: Sie will ja wirklich was verbergen! Trotz aller Duselei in Sachen Humanität und Gesetzestreue und Gewissensreinheit: Margarete Helene will Barthold behalten, alles andere ist Schnurz und Schnuppe und die Wiederherstellung einer fiktiven Gerechtigkeit, welche sich aus dem Ausgleich von Schuld und Sühne ergäbe, Aufrechnung von Elfis Gebein gegen Bartholds zeitliche Isolation nutzte doch keinem was! Das müsste man eigentlich laut und deutlich sagen: Solche Gerechtigkeit ist eine schreiende Ungerechtigkeit! Öffnet aber nicht den Mund, sondern hört:

»Sie wissen, dass es unstatthaft ist, dass Sie anderen von meinem Besuch hier Mitteilung machen!« Wusste es nicht, weiß es nun, da ihr die Voraussetzung dieses Wissens einfach untergeschoben wird wie ein unbequemer hölzerner Stuhl: Bums, da sitzt sie nun wie festgenagelt. Sie könnte sich zu guter Letzt dumm stellen, das fiele ihr nicht schwer, und fragen:

»Wieso denn nicht? Wo steht denn das geschrieben, haben Sie da was Schriftliches bei sich, eine Verordnung oder so was?!«, besäße nicht gleich jedermann die Kenntnis, eigentlich mehr als Kenntnis, ein den Nervenbahnen eingeprägter Informationsgehalt etwa, dass gewisse Institutionen außerhalb, eigentlich sogar mehr überhalb von Verordnungen stehen und möglicherweise eigene, natürlich geheime Verordnungen und Gesetze haben. Ja, das wird es sein: es gibt zweierlei Gesetz! Das eine erlaubt mir bekanntzugeben, ich hätte mit Herrn Müller Unterhaltung gepflegt, das andere verbietet es mir, und die Frage ist nur, welches von beiden ist das stärkere und welches das schwächere. Das zu beantworten ist durch notwendige Geheimhaltung unmöglich, was bedauerlich, aber nicht abzuändern ist.

»Auch Ihrem Mann nicht!« Das geht zu weit, findet Margarete Helene, bis zwischen Haut und Haut, eventuell noch bis ins Bett, und soviel Unverfrorenheit gibt ihr die eigene zurück, Elfi hin, Elfi her:

»Das können Sie von mir nicht erwarten, dafür müssen Sie sich andere Leute suchen, überhaupt: Wenn Sie mir nicht sagen, was Sie wollen, dann verschwinden Sie besser!« Herr Rumpelstilz verzieht keine Miene; er hat noch eine Trumpf-Karte, immer dieselbe, in der Hand und spielt sie jetzt aus:

»Bedauerlich, dass Sie so wenig Bereitschaft zur Kooperation zeigen. Das erschwert die Sache natürlich. Also, ich komme morgen wieder ...« Den Gruß unterlässt er ganz, wendet sich auf dem Absatz exquisiter, handgesteppter Halbschuhe herum, weil jede gute geheime Tat ihres hohen Lohnes wert ist, und verlässt mit einem Schritt, den er selber als »federnd« einschätzt, diese ungastliche Stätte.

Visionen von Einsamkeit: eine Frau im schwarzen abgetragenen Mantel, zerfurchte Züge, stark ergraut, Nickelbrille: vorm eisernen Tor einer Strafanstalt zur Besuchszeit; die Wärter, Vollzugsbeamte genannt, kennen sie seit fünfzehn Jahren; sie selber kennt die Beamten gleichfalls, kennt den Weg durch scharf winklige Korridore zum Sprechraum, hölzerner Tisch, primitiv, die Stühle unbequem, schmucklose Wände, bis zur halben Höhe mit Ölfarbe gestrichen, grau oder ocker, tote Farben, vergitterte Fenster, Milchglas, der Strafvollzug als Vollendung erbarmungsloser Rache stellt die Gegenstände in seinen Dienst, sodass sie gleichermaßen barsch und abweisend wirken: Gegenstände, vollgesogen mit Hass, den sie wieder abstrahlen, bis eines ganz fernen Tages diese Substanz in ihnen zerfallen ist. Am Sprechtisch hockt ein weißhaariger Greis, erstorbener Blick, die Unterlippe hängend, aus einem Mundwinkel rinnt Speichel: Barthold, mein Gott, was ist aus ihm geworden!

Sobald Margarete Helene ihm gegenüber Platz genommen hat, spricht er zögernd und nach Worten suchend über seinen innigsten Wunsch: Er möchte noch einmal eine heiße Bockwurst essen, mit viel und scharfem Senf, dazu ein frisches Brötchen, knackig, er hat das Geräusch im Ohr. Margarete Helene versucht, die Tränen zurückzuhalten, es misslingt, sie weint und schluchzt laut auf, wobei sich der Schemen ihres Gatten in Salzwasser auflöst. Mein Gott, mein Gott, wie konnte sie nur dem Arzt die Knochen vorlegen, was hat sie bloß getan? Sie begreift die Ursache nicht mehr, die sie dazu geführt oder verführt hat: ein Rätsel. Eine freventliche Selbstüberhebung. Hybris. Es ging ihr zu gut. Es muss eine Fremde gewesen sein, solchen Wahnsinns-Entschluss zu fassen und auch zu vollstrecken: Das war nicht Margarete Helene, das brave Kind, artig an der Hand der Großmutter, kein Wässerchen trübend, nur manchmal durchschauert von einem den ganzen Körper ergreifenden Grauen, wenn die Großmutter aufs Neue dem Kind eine ihrer Schreckensmären zuraunte. Häufig verband sich das Grauen mit dem Drang zum Urinieren, einem derart unaufhaltsamen, dass sie ihm wo auch immer nachgeben musste; manchmal genügte bereits die Erinnerung an eine solche Geschichte, wie etwa an jenes kleine Mädchen, das unvorsichtig auf der Straße nach dem wegrollenden Ball griff und dem beide Hände von der Straßenbahn abgefahren wurden, da lagen die beiden kleinen Patschhändchen auf dem groben Pflaster, und Margarete Helene musste sofort hinter eine Mülltonne oder in einen Kellereingang, um dem dringenden Bedürfnis zu entsprechen. Auch die Vorstellung vom greisenhaften, lebenslänglich eingesperrten Barthold zwang sie im Eiltempo die Treppe hinauf und ins Bad, wo ihr kaum Zeit blieb, den Schlüpfer loszuwerden, bevor der psychosomatische Mechanismus in Aktion trat. Und sie blieb gleich dort, obwohl der Sitz jeder Gemütlichkeit entbehrte, weil ihr der furchtbare Gedanke gekommen war, dass möglicherweise ihre vorhergehende Vision noch ganz harmlos sei, weil sie einfach nicht erinnert hatte, dass es ja noch immer die Todesstrafe gebe! Zwar hörte man nichts über ihre Anwendung, doch besagte das nicht, sie würde nicht praktiziert. Viele Dinge erfuhr man nicht, die trotzdem geschahen. Und das waren wohl sogar die meisten, darum wurde Barthold von zwei grau gekleideten Männern in einen großen kahlen Raum geführt, seitlich an beiden Armen, die auf seinem Rücken zusammengebunden waren. Mitten im Raum stand das Fallbeil, jenes Instrument, das neben den Menschenrechten ein Ergebnis der französischen Revolution gewesen ist, nur hieß es dortzulande anders, aber das konnte Barthold natürlich völlig egal sein: Er konnte nur zittern und beben, die Beine funktionierten nicht recht, die beiden Männer mussten ihn halb tragen und legten ihn dann auf das Brett, Gesicht nach unten, schnallten ihn fest und schoben die solchermaßen festgezurrte Last zwischen die beiden senkrechten Pfosten, zwischen denen in einer Laufschiene ein schräges Messer herunterfallen würde, sobald einer der beiden Männer auf einen Knopf drückte. Noch einmal sah Barthold unter Schwierigkeiten Margarete Helene an, da er sein Haupt halb schräg drehen musste, um die Augen zu ihr aufschlagen zu können: Seine ganze gepeinigte Seele hatte sich da konzentriert und schien auf Margarete Helene überspringen zu wollen: der letzte Lebensfunke. Und als einer der beiden Vollstrecker den Finger zum

Knopf ausstreckte, musste sie wegschauen, weil es ihr unerträglich wurde, auch noch den blutenden Halsstumpf sehen zu müssen. Und obwohl sie nicht mehr als zwei Tassen Kaffee zum Frühstück genossen hatte, kam es ihr nun vor, als sei es mindestens ein Eimer voll gewesen. Späterhin jedoch beruhigten sich die Imaginationen, das Schaurige und Schockhafte trat zurück zugunsten trister trauriger Szenen, in denen eine alte Frau mit unsicheren Fingern in ihrem Portemonnaie nach Geld wühlt, Reste der Rente, um in diesem strahlenden Laden mit den bunt gefüllten Regalen etwas einzukaufen; ein Büchschen Kaffee vielleicht oder eine Flasche Likör für den Kreislauf und gegen die Sorgen, die, dem Spruch von alters her zufolge, zueinander gehören, wenn nicht gar einander bedingen. Die Menschenschlange drängt sie vor die Verkäuferin, von der sie hauptsächlich einen aufgebauschten blonden Haarturm wahrnimmt und als Hintergrund glänzende Warenstapel, nie im Konsum-Laden um die Ecke erblickt: Sie deutet auf eine Flasche mit tintig-blauem Inhalt, dem man die klebrige Süße ansieht, und etwas Schokolade bitte, nicht mit Nuss wegen der Prothese, und etwas Kaffee in der Mokka-Gold-Tüte, doch werden ihr zu ihrem Verwundern und völligem Nichtbegreifen die Waren nicht ausgehändigt: Die Karyatide, vom funkelnden Säulenstumpf auf dem Scheitel keineswegs in ihrer Beweglichkeit behindert, stopft die zerknüllten Markscheine in die seitlich aufgeplatzte Lederbörse zurück, macht abwehrende Gesten, und die nachdrängende Schlange schiebt die Alte vom Ladentisch fort: Margarete Helene muss gehen, versteht nicht, was ihr geschieht, und verläuft sich unter schluckendem Schluchzen und feuchtem Sabbern, dem akustischen

Ausdruck eines erbärmlichen Selbstmitleides. Oder sie liegt in einem völlig verschmutzten Bett in einer Wohnküche im Prenzlauer Berg, was schon mehr bedeutet als Angehörigkeit zu einem Berliner Bezirk, eher ein Hausen in einer von allen übersehenen Bergeshöhle ist, und glotzt abwesend auf das Fenster: Die untere Hälfte ist mit einer schottisch karierten, stark verschlissenen Decke verhängt, des Winters wegen, von dem schneidende Zugluft zu ihr hereinwill: ein später, nur mühsam abgewiesener Freier, der sie ganz für sich haben will. Oberhalb der grün-rot-dreckigen Karos befindet sich eine einfarbige Fläche in unterschiedlich grauen Valeurs: keine Grundierung für Projektionen einer vertrockneten oder aufgequollenen Alten, bloß ein Stück Himmel und dazu zwei Glotzaugen, welche zueinander in keine trostreiche Beziehung treten. Sinnieren: Wie lange ist es her, dass Barthold hingerichtet wurde? Dreißig Jahre? Fünfunddreißig Jahre? Ein Menschenalter jedenfalls. Der Fall stand nicht mal in der Tagespresse, wenigstens diesen traurigen Ruhm hätte man ihm zugestehen sollen, aber dafür waren die Zeitungen nicht da, sondern bloß für enigmatische Mitteilungen aus dem Innern des Geheimnisses, die kein Mensch verstand und die wohl nur für Adepten bestimmt waren, die den Schlüssel hatten. Dass eine hohe Persönlichkeit abgereist sei und irgendwo angekommen. Völlige Übereinstimmung. Ewige Freundschaft. Seltsame Sätze, aus denen man nie klug wurde. Auf jedem der knittrigen Blätter, wenigstens gut zum Feueranmachen im Herd, kabbalistische Prozentzahlen, auch schon Generationen lang: Etwas wurde gesteigert und etwas verringert, aber was da rauskam, erfuhr keiner. Vielleicht wusste es nicht mal der abgereiste oder angekommene Präsident selber. Oder regierte die alte Frau im Bett jetzt einen König? Auf einer Matratze aus durchpisstem und immer wieder getrocknetem Seegras, das dabei ständig an Volumen und Nachgiebigkeit verlor, überlegte sie krampfhaft, welchen Titel der gegenwärtige Regent haben mochte. Sie kam nicht drauf. Schlimm, wenn man alt wird. Und das System? Lebte man, vorausgesetzt der Aufenthalt im Bett, selten unterbrochen durch kurze Ausflüge zum Klo auf dem Treppenabsatz, zum Fenster, zum Herd, zum Kaufmann, sei Leben, nun eigentlich in einer konzessionellen Proarchie, oder wie das hieß, oder in einer soziatrischen Replik? Ob der Verlust des Gatten oder des Geschlechtstriebes oder der des Gedächtnisses folgenschwerer ist, hat sie leider vergessen. Die drei großen G. Eine unsichtbare Hand, kühl wie die Dezemberzugluft, streicht eins nach dem anderen aus oder ersetzt sie durch andere große Gs. Greisentum, Grillenhaftigkeit, Gepinkel. Letzte Befriedigung: Einfall des richtigen Wortes an der richtigen Stelle. Das macht froh. Auch auf dem Klo. Da – jetzt wird die Gräue durchflattert von einigen Dingsda, Vögeln, die den Frieden symbolisieren, wie hießen die nur? Piepegal: sie sind ja schon weg. Barthold war ein eigenartiger Mann. Wühlte immerzu in der Erde beruflich nach alten Scherben und Knochen. Äh – Knochen ... Irgendetwas war doch damals gewesen mit Knochen ...? Was Wichtiges ... lass mich mal nachdenken, Barthold; es hatte etwas mit Knochen zu tun?! Brühe? Nee. Mit Essen ganz im Gegenteil. Oder doch? Bekam Barthold damals eine Auszeichnung für einen besonderen Knochenfund? Ach, Barthold, Barthold, wenn ich dich nicht hätte, mein alter Gattenschatten, als Gesprächspartner, es wäre doch sehr langweilig alleine im Bett, die kalten Fingerchen von keiner Straßenbahn amputiert am Bauch, um sie zu wärmen. Eines Tages kriegt man sie nicht mehr warm, aber das merkt man dann nicht mehr. Doch Barthold, wie sich zeigt, ist weder enthauptet noch seit dreißig Jahren auf dem Friedhof der Strafanstalt Görlitz unter einer anonymen Nummer beerdigt, sondern erscheint, zumindest in Margarete Helenes Auge, da er das Haus betrit, merkwürdig verjüngt, als käme er nicht aus der Hauptstadt einer Republik, vielmehr aus einem wirksamen Jungbrunnen, bekannt von spätmittelalterlichen Gemälden, wo Greise und Greisinnen im Wasser plantschen, um an der anderen Seite des archaischen Swimming-Pools taufrisch aufzutauchen. Genauso steht Barthold vor ihr: Ach Barthold!

»Nanu, Lenchen, du machst ja ein Gesicht, als hättest du'n Gespenst gesehen! Oder erscheinen am Vorabend deines Geburtstages all deine Sünden vor dir?«

»Du hast'n sonniges Gemüt, Barthold, du kannst lachen ...«

Barthold schwenkt die leinene Einkaufstasche:

»Wodka aus dem Heimatland allen Wodkas! Ist auch schon 'ne Seltenheit geworden. Bei Wodka hört anscheinend die ewige Freundschaft auf. Jedenfalls können sich unsere werten Gäste tüchtig einen hinter die Binde gießen!« Unter solchen Dialogen erreicht man gemeinsam die Küche, wo ein unkontrollierter Trieb Barthold zum Kühlschrank führt, der system-neutrale Weg allen Fleisches, Tür auf, Licht an, Schnaps raus und gluck-gluck: das weiße Wässerchen ins Gläschen:

»Dein Wohl, mein Schatz! Auf dich – als Vorschuss!«

»Eigentlich sollte ich wieder arbeiten gehen, Barthold,

es taugt nichts, den ganzen Tag allein im Haus zu sein. Dabei wird man trübsinnig. Heute habe ich den halben Tag lang an den Tod gedacht. Dabei sind wir doch noch gar nicht so alt ...« Gluck-gluck: die zweite Glasfüllung erscheint unter Margarete Helenes leicht geröteter Nasenspitze:

»Trinken Sie das, das wird Ihnen guttun, wie der Kommissar immer sagt«, doch sie schiebt die Hand mit dem dargebotenen Getränk weg, was die Entleerung in Bartholds Kehle zur Folge hat, beschlossen von einem tiefen Aufseufzen:

»Die Philosophie befiehlt uns, den Tod immer vor Augen zu haben, ehe er da ist, immer zu bedenken und vorauszusehen, dass er kommen wird; und dann lehrt sie uns Vorsichtsmaßregeln, um Rat zu schaffen, damit diese Erwartung und dieses Immer-daran-Denken uns nicht wehtut!«

»Idiotenscheiß! Sprüche! Sprüche! Hast du denn keine eigene Meinung? Kannst du immer bloß zitieren? Macht dich das glücklich, dass einer für dich alles vorgedacht und vorgekaut hat, und du es bloß noch nachzuquatschen brauchst? Du bist genauso wie die Leute, über die du dich sonst immer lustig machst! Unselbstständig. Keinen eigenen Gedanken. Immer ein schlechtes Gewissen. Du bist auch nicht besser!«

»Was ist denn in dich gefahren? Bei dir meldet sich wohl das Klimakterium? Früher nannte man das ›Besessenheit ...‹«

»Merkst du nicht, dass du durch deine raschen Urteile und Vergleiche selber ganz blind bist? Klimakterium! Besessenheit! Im Handumdrehen hast du mich eingeordnet und der Fall ist für dich erledigt. Ein Taschenspielertrick, Barthold, aber mit deinen Tricks betrügst du dich nur selbst! Hab doch den Mut zur Wahrheit. Ich bin bereit, alles zu verstehen!« Barthold lächelt skeptisch; das kennt man; zur Offenheit verführt, wird man sogleich für dieselbe bestraft, weil sie dem andern im Grunde unerwünscht ist: Das ist eine private wie politische Erfahrung. Sag mal deiner Frau oder deiner Partei, was du wirklich von ihnen hältst, und du landest vor dem Scheidungsanwalt oder vor dem Staatsanwalt; nichts wird so selten ertragen wie Kritik; dabei würdest du sie mehr mögen, wenn sie, statt abzuwehren, einsichtsvoll reagieren würde: Ich werde mich hüten, dir meine Sorgen und Überlegungen mitzuteilen, mein Herz!

»Ich sehe doch, wie du überlegst! Mit welchem Zitat willst du mich wieder an die Wand klatschen? Ich schmeiß dein blödes Buch noch mal zum Fenster raus!« Wütend wendet sie sich ab; nun, da sie, wie sie meint, Barthold der Heimlichtuerei überführt hat, obschon sie ihn nur bezichtigte, wobei bei ihr wie bei vielen anderen Bezichtigen und Überführthaben ein und dasselbe sind, glaubt sie sich ihrerseits nicht verpflichtet, von dem amtlichen Besucher zu sprechen. Hätte Barthold ihr jetzt *alles* gebeichtet, sie würde ihm sofort von dem Nachforscher erzählt haben und überlegen, wie man sich verhalten solle, den dräuenden Gefahren auszuweichen, soweit das überhaupt noch möglich wäre. Aber Barthold blieb stumm. Wollte nicht. Dann sollte er sehen, wie er sich aus der Affäre zöge. Schließlich hatte er Elfi auf dem Gewissen, jedenfalls der Wahrscheinlichkeit nach, und nicht sie. Ihr blieb nur an den Tod zu denken. Tränen traten in ihre Augen, die Nase rötete sich zur Gänze, Signal, das Barthold nur zu genau kannte. Erneut seufzte er auf, diesmal jedoch geräuschlos:

»Lass dich doch nicht von solchen Phantasien unterkriegen, Helene! Na gut, ich will gar nicht philosophieren. Oder zitieren. Aber es ist doch unsinnig, sich mit dem Tod zu beschäftigen, was soll dabei herauskommen?« Am liebsten vernähme er anstelle von Margarete Helenes Antwort das weitaus freundlichere »Gluck-gluck« aus der in ewiger Freundschaft ihm verbundenen Flasche, doch noch einmal sich einzuschenken wagte er nicht, weil das wieder als Geste der Gleichgültigkeit gegenüber ihren Problemen hätte gedeutet werden können. Instinktiv war ihm klar, dass Aufmerksamkeit und Konzentration von ihm verlangt wurden, und so harrte er eben aus, dem Antlitz zugewandt, in dem eine innere Schwellung sich nach außen durcharbeiten wollte, einzelne Partien bereits zu deformieren begonnen hat, insbesondere die Nase deutlich verdickte, Lider und Tränensäcke auftrieb wie Teig und die Wangen ungesund rundete: Blödsinn, sich davon derart beeinflussen zu lassen. Frauen sind manchmal »komisch« im Sinne von: »nicht erheiternd«.

»Man macht sich doch seine Gedanken. Willst du mir das verbieten? Wir sprechen eigentlich nie darüber, Barthold. Wir sprechen über so vieles nicht …« (Achtung, Barthold: die Pistole ist gezogen und wird sogleich auf deine Brust gesetzt.)

»Es gibt so viele Dinge, von denen ich nicht weiß, wie du darüber denkst. Das macht mich ganz unglücklich. Es trennt mich von dir. Wirklich vereint« – sie sagte tatsächlich »vereint«: mit einer lyrisch-pathetischen Schwingung der Stimmbänder, sodass Barthold unversehens doch nach dem »Moskovskaja« griff – »vereint sind wir nur selten, wenn wir über Gemeinsamkeiten reden, aber das sind immer bloß Viertelstunden im Lauf von Tagen.

Und wenn's ans Sterben geht, dann merkt man zu spät, was man versäumt hat ...« Sprach stockend, doch mit überzeugender Sicherheit, wie einer, der bereits einmal starb und jetzt genau weiß, was einem zuletzt durch den Kopf geht. Es schien doch ernster als sonst, was sie bewegte. Barthold empfand, als er das diagnostizierte, wie schon früher, wie am Anfang ihrer Bekanntschaft, völlige Hilflosigkeit. Er konnte ihr doch nicht den Montaigne auf den Küchentisch legen und sagen: Lesen Sie das, das wird Ihnen guttun; überhaupt: hier blieb alle spekulative Meditation unwirksam wie eine Medizin, auf die der Patient nicht anspricht oder die selber durch Überlagerung ihre Heilkraft eingebüßt hat. Man müsste jetzt etwas aus dem eigenen Herzen Kommendes zu ihr sagen, das sie gültig trösten würde, nur bestand die Schwierigkeit für Barthold darin, dass er sich solchen metaphorischen Herzens nicht sicher war. Viel zu oft an dieser Stelle ein Vakuum konstatiert, in Situationen, wo Mitempfinden selbstverständlich gewesen wäre; lachten oder weinten andere, merkte Barthold leicht betroffen, er sei nicht ganz bei der das Gemüt bewegenden Sache, etwas lenkte ihn ab, und dass er nicht dabei und abgelenkt sei, merkte er zusätzlich auch noch. Da sprich du ein beruhigendes Wort, wo dir keines zur Verfügung steht! Peinliche Situation. Vielleicht war er unnormal, gefühlskalt. Oder falsch programmiert. Die Pawlow'sche Glocke läutet, bei anderen fließt Speichel respektive die Träne, bei ihm jedoch: nichts. Eher regt sich sogar Widerwillen:

»Das rührt sicher daher, dass du morgen vierzig wirst. Da kommt man auf dumme Gedanken. Da fängt man an zu zählen. Noch zehn Jahre. Und noch zehn. Vielleicht noch mal und dann ist es vorbei. Unvorstellbar. Glaubst du, ich hätte das nie gedacht? Ich bin doch älter als du, bei mir fing das früher an, hat aber Gott sei Dank bald wieder aufgehört. Heute sage ich mir: Solange es dauert, dauert es. Du kannst doch nichts dafür machen, nur dagegen ...« Margarete Helene wandte sich auf einmal um und schlang die Arme um seinen Hals, was sie lange nicht unternommen. Barthold hielt es für angebracht, dem Modell entsprechend die Linke auf ihr Haar zu legen und es sanft zu streichen, dabei bereits bemüht, die Unbehagen schaffende Szene in eine weniger lästige zu überführen:

»Ist ja alles gut, ist ja alles gut, das vergeht doch, pass mal auf, morgen ist das vorüber, du solltest doch einen Wodka trinken, das wird dir guttun ...« Mit dieser Phrase bringt er Margarete Helene dazu, sich auf die gewohnte Stimmungslage einzupegeln, wobei aber und wieder einmal eine der unschätzbaren, weil raren Gelegenheiten verschwand, das zu vollziehen, was Margarete Helene »Einandernäherkommen« nannte; wo die Alltagsseele durchlässig wird und aufnahmefähig, nicht für banale oder sentimentale Aussprüche, wohl aber für das Verhalten des anderen, für sein Gesamtwesen, das durch die Seelenöffnung für einen kurzen Moment völlig sichtbar wird und zugleich – auf eine dem Fotografieren analoge Weise – aufgenommen wird, verinnerlicht, eingeprägt, aber sofort auch zu einem Bild gerinnt, geliebt, alles beherrschend, sogar das Original, für das es von diesem Moment an gehalten wird: eine innige Verwechslung. Solch ein Moment war das, Zehntelsekunde, ungenutzte, aus der Margarete Helene um keinen Barthold reicher und er um die verpasste Verdoppelung ärmer hervorgingen. Sie nahm auch den Schnaps an, stürzte ihn hinunter, den Kopf weit im Nacken, die Augen verkniffen, kaum zu erkennen. Solche Situation bringt den Abbruch jeglicher zwischengeschlechtlicher Beziehung, nämlich die Verwandlung einer Frau in einen Menschen: darauf ist man als Mann nie recht gefasst und weiß nicht, was man in seinen Armen mit einem Menschen anfangen soll. Was ist das – ein Mensch? Viel weniger als eine Frau oder ein Mann, eigentlich ein geschlechtsloses Geschöpf, das durch die unverhoffte Kastration, welche durch sein psychisches Leid an ihm vollstreckt wurde, befremdend wirkt.

Der plötzliche Ausbruch von Distanz lässt Barthold vermuten, es gebe möglicherweise überhaupt nur Beziehungen biologischen oder sozialen Charakters, und die zwischen Mensch und Mensch seien reine Einbildung, da ja der Mensch, von dem uns die Klassiker viel Edles und Würdiges mitzuteilen hatten, gar nicht existiert. Ob er eventuell ausgestorben ist, ohne dass wir es bemerkten? Aber solche unbelegbaren ahnungsvollen Hypothesen steigen aus den vierzig Prozent Alkoholgehalt und sind nicht ganz ernst zu nehmen.

Später, im Bett, kommt es Barthold vor, als habe Margarete Helene sich beruhigt; obgleich er eine lange Minute hindurch den erneuten Ausbruch ihrer schlechten Laune fürchtet, nämlich als ihr Blick, nach dem Anknipsen der Nachttischlampen, den durch häufiges Berühren verfärbten Band Montaigne auf seinem Nachttisch streift, und sie den Mund schon halb geöffnet hatte, ihn aber zu Bartholds Erleichterung wortlos wieder schloss. Sie gestand sich, dass sie dieses Buch (wie auch andere, nur die nicht gleichermaßen stark) real hasste, da von ihm ständig etwas auf Barthold überströmte, das nicht zu Barthold passen wollte; der Vorgang ähnelte ungenau dem des Berauschtseins nach dem Austrinken einer Flasche, währenddessen der Trinker für seine Umgebung immer fremder wurde. Indem Barthold sich mit wachsender Intensität in ein Buch versenkte, rückte er Margarete Helene ferner; seine Stimme klang für sie verändert, ungewohnte Wortkombinationen ließen sich vernehmen, bis das Buch ausgelesen und in ein Regal eingeordnet war. Danach klang die für Außenstehende kaum merkliche Andersartigkeit schnell ab, um den altbekannten Barthold wiederherzustellen, wie Margarete Helene ihn kannte. Nur der Montaigne steckte ihm in den Knochen, eine Vergiftung, chronisch, wie man es bezeichnen könnte, gegen die kein Kraut einer versöhnlicheren Literatur gewachsen war. Doch erwies sich der Grad der durch Montaigne hervorgerufenen Fremdartigkeit erfreulicherweise als instabil, war mal stärker, mal schwächer, je nach der mentalen Wetterlage, für die Margarete Helene ein feines Gespür entwickelt hatte. Trotzdem: Ich schmeiß es doch noch mal aus dem Fenster! Oder versteck's einfach, dann steht er da und ist sprachlos!

Ausziehen, Hinlegen, Zudecken, Ausstrecken: Riten des Zubettgehens, vollzogen in unveränderlicher Reihenfolge: allabendliches Sedativ, ganz unbewusst genossen, um sich auf den Schlaf einzustimmen. Als käme man nach dem Abstreifen unnatürlicher Hüllen wieder zu sich selbst; mit der Horizontalen wieder in eine angeborene Körperhaltung. Nachttischlampe ausknipsen. Geschieht heute rascher als sonst. Nach kurzer Dauer der Umgewöhnung an das Dunkel, hellt es sich sacht auf. An der Decke verteilt die Straßenlaterne Lichtflecke, fast reglose, da die Wetterkarte für Berlin und Umgebung keinen Wind angekündigt hat, sich nur ab und zu ein unregelmäßiger Luftzug in den Baumkronen verfängt, wodurch an der Schlafzimmerdecke Bewegung entsteht und die Schatten geheimnisvoll zu winken beginnen. Da fragt man sich auf einmal: Sind das nun Lichtflecken oder Schattenflecke, was da oben zappelt? Barthold erkennt mit über der Brust gefalteten Händen einen schwachen Anfall von Skepsis, doch einen, welcher nach jeder Seite hin Zweifel wirft wie etwas Zersetzendes, unter dem jede Alternative abstirbt. Es ist das alte Problem des Glases, von dem einer meint, es sei halbvoll, ein anderer, es sei halbleer. Bin ich halb verzweifelt oder halb zufrieden? Sind die Verhältnisse halbwegs erträglich oder halbwegs unerträglich? Mein französischer Freund hier neben mir sagt dazu, ohne dass ich ihn besonders auffordern müsste, auf Seite 199: »›Wofür soll ich mich entscheiden?‹ ›Wofür du willst, nur entscheide dich!‹ Das ist eine dumme Antwort; aber jeder Dogmatismus muss zu ihr kommen, denn jeder Dogmatismus will uns hindern, zuzugeben, dass wir nicht wissen, was wir nicht wissen ...« Zu beiden Hälften, zur Gänze unerträglich ist dieser Zwang zur Alternative. Freund oder Feind sein müssen, Blödsinn, und zwar Blödsinn, durch ständig wechselnde Adjektive verfremdet, sodass man ihn nicht gleich wiedererkennt, oder doch erst, wenn's zu spät ist: Ach, mon ami, du hast so recht und bist so tot!

Und in dieses Denkgewölk, grau, trübe, haltlos dahintreibend auf einer depressiven Stimmung, mischt sich ein Summen und Murmeln, Grillen, Fliegen, Margarete Helene gar, sie scheint schon eine Weile zu reden, ohne dass Barthold es sogleich vernahm, der jetzt erst aufmerkt und aufgestört fragt: »Was? Was? Was ist los?«

Eine entschuldigende, zugleich verschlungene Satzperiode krabbelt in Bartholds Ohr, ein verbaler Tausendfüßler, der etwas Schweres hinter sich herschleppt, gleich kommt's, da ist es: ein Name, *der* Name natürlich, der unter dem Text der alten Ansichtskarte stand. Da hilft kein Sichdoofstellen, kein irgendwie geartetes Schulterzucken, du weißt schon, Barthold: Elfi!, und warum willst du mir das nicht erzählen, schau mal, wo ich doch morgen vierzig werde, von da an geht's abwärts, also tu mir schon den Gefallen, ist doch nichts weiter dabei, oder? Und auch wichtig für dich, vielleicht wichtiger als du denkst! Kein Entkommen, Barthold: Entweder du erzählst jetzt die Geschichte oder zumindest: eine Geschichte, oder diese dir angetraute Erynnie jagt dich solange, bis du doch irgendwann erliegst. Spar dir die Flucht: fang an. Es war einmal: wie alle derartigen Berichte anzufangen pflegen: Die Legende von Elfi und wie sie reich wurde. Also los, gib dir den bekannten Ruck, reiß dich am Riemen, am innerlichen natürlich, nicht am volksmündlich übertragenen: Dafür besteht jetzt sowieso keine Notwendigkeit. Also:

»Also, es war damals, lange, lange vor dem Bau der Mauer ...«

(Kuriose Zeitrechnung, dem evozierten Bilde nach: wie'n Sagen-Anfang, *Nibelungen* oder Ähnliches, vorausgesetzt, man zählte nicht zu den Betroffenen: sonst war's, als rechne man von einem persönlichen Unfall an) ... »da war ich ein frischgebackener Assistent am Institut für Vor- und Frühgeschichte, als wir nach Klein-Roggenthin beordert wurden: Dort soll ein bedeutender Hortfund gemacht worden sein, von einem Bauern beim Pflügen wie üblich, und zwei Archäologen, Hartmut

Meier-Glöhsa, heute Germanisches Museum der Stadt Köln, und ich fuhren mit der S-Bahn vom Bahnhof Friedrichstraße durch Westberlin nach Potsdam, wie gesagt: mittlere Vormauerepoche, frühe fünfziger Jahre, und von Potsdam mit der Heidekrautbahn in den südlichen Teil der Mark: Richtung Treuenbrietzen; wir kamen gegen Abend in dem Dorf an, das vom ersten weiblichen Bürgermeister der Republik wie eine absolute Monarchie regiert wurde. Kaum hatten wir den besten, weil einzigen Gasthof betreten und ein übles Kämmerchen gemietet, das auf rätselhafte Weise intensiver stank als der nahe Stall, man musste vorm Eintreten erst die Luft anhalten, bevor man sich hineinwagte, da erschien gleich die Königin dieser sozialistischen Autokratie, dynamisch wie Katharina II., an den Beinen weiche olivfarbene Stiefel, denen man die Herkunft aus Freundschaftsbeständen allzu deutlich ansah, enger Rock, enge Bluse, locker eine offene Wolljacke drüber, und hochblond gefärbt, goldblond, auf Gold stand sie, das wurde aber erst später deutlich: Du ahnst gewiss, um wen es sich handelte! Richtig. Alle nannten sie nie anders als die ›Rote Elfi‹, manche auch die ›Unheilige Elfi‹, Letzteres nur die älteren, religiös gebundenen Dörfler. Sie begrüßte uns teils herzlich, teils misstrauisch: Einerseits galten wir ihr als potenzielle Verbündete, Brüder vom gleichen politischen Stamm, andererseits fürchtete sie vermutlich den näheren Einblick in ihre persönlichen Angelegenheiten. Damals ging es in solchen Gegenden zu wie 1850 zwischen Phoenix und Sacramento: es brodelte noch nach, in diesem deutschen demokratischen Topf, und Elfi gehörte zum Küchenpersonal. Nachdem sie unsere Ausweise und die schriftliche Bestätigung unseres Auftrages in Klein-Roggenthin genauestens studiert hatte – und ich sage: studiert, weil sie die Papiere derart lange betrachtete, dass ich bereits befürchtete, sie wäre Analphabetin –, lud sie uns zu einem Willkommenstrunk unten in der Gaststube ein, wo der Gestank mit den bestialischen Dämpfen ländlicher Knasterpiepen neutralisiert wurde. Am nächsten Vormittag fanden wir, Meier-Glöhsa und ich, uns im Kämmerchen wieder, ohne zu wissen, wie wir dorthin gelangt waren. Mein Lebtag habe ich eine solch trinkfeste Frau nicht erlebt. Hat es von den Russen gelernt, die sie übrigens bald nach Fünfundvierzig als Bürgermeisterin einsetzten; sie überstand alle Umschwünge und Säuberungen, weil sie mit allem und jedem unter einer Decke steckte, und das ganz wörtlich: Es gab keine einflussreiche Persönlichkeit im Umkreis von fünfzig Kilometern, die nicht intime Beziehungen zu Elfi gehabt hätte. Vorerst jedoch schlichen wir wie matte Winterfliegen die Dorfstraße lang und hinaus zur Fundstelle, wo Elfi und der Bauer uns erwarteten; ein alter Graubart, dem das Feld vor der Kollektivierung gehörte und der ein mittelmäßig erhaltenes germanisches Bronzeschwert aus der dürftigen Erde gekratzt hatte. Es gehörte vermutlich einem Vorfahren dieses Landmannes, der, während er maulfaul vor sich hinbrummelte, mit dem kleinen Finger der Linken im Ohr fuhrwerkte, als wolle er mit ungelenker Gewalt in die dunkle Tiefe vorstoßen, um da irgendeinen lange gesuchten Gedanken aufzustöbern, einen Geistes-Hasen, von dem er hoffte, er würde durch die Leere laufen und endlich von der Zunge ins Freie springen. Offenkundig war ein solcher aber nicht vorhanden, und so zog er sich stillschweigend über sein Feld in den Wald zurück. Wir steckten die Fundstelle ab; Meier-Glöhsa begann mit dem

Vermessen; Elfi, die mit einer noch dünneren Bluse und scheinbar durch diesen Umstand vergrößerten Titten vor mir stand, erkundigte sich halblaut, ob wir noch anderes zu finden hofften, ob so was überhaupt wertvoll sei? Sie meine nicht volkskundlich-kulturell, sondern vom Geldwert her betrachtet. Ich stand Rede und Antwort, verwies darauf, dass Gegenstände unseres kulturellen Erbes im Westen Antiquitäten hießen und zu horrenden Preisen auf dem entsprechenden Markt gehandelt würden, was ich als bewusster Bürger aber ablehne: Auch meine Motive für diesen Spruch mischten sich aus noch grüner Überzeugung, einem vorfabrizierten Denken, großen grauen Blöcken, aus denen sich, zog man am Hebel, unter Knarren rasch eine ideologische Pyramide im Hirn zusammenfügte, von der man hätte meinen sollen, sie würde die nächsten paar tausend Jahre überdauern, sowie aus einer gewissen Besorgnis vor der ›Roten Elfi‹, von der möglicherweise eine Meldung über unser Verhalten bei der Exkursion zu erwarten stand.

Wir fingen mit der Grabung an, über uns die Herbstsonne, vor uns Elfi: da konnte einem schon warm werden. Am dritten Tag, ich arbeitete allein, Meier-Glöhsa war zur Post, um einen ersten telefonischen Bericht dem Institut durchzusagen, stieg Elfi zu mir herunter in die schmale Spalte, welche die Lateiner zu Recht ›Fossa‹ nannten, und ehe ich mich versah, hielt ich ihre dicken, gummiartigen Brüste in beiden Händen, ihr Rock verrutschte, meine Hose öffnete sich wie von selber, weil ich nicht gewahrte, dass Elfi den Knöpfen nachhalf, und so passierte es denn. Hinterher wollte sie immer dies und jenes wissen, über Antiquitäten hauptsächlich, ob alte Truhen wertvoll wären, wenn sechzehnhundertundsoweiter draufstünde, und ähnliche Fragen. Wir hielten uns wochenlang in Klein-Roggenthin auf, dehnten die Grabung nicht nur räumlich immer weiter und tiefer aus, auch zeitlich, jedoch ohne irgendetwas zu entdecken. Wahrscheinlich hatte das Bronzeschwert irgendjemand vor zweitausend Jahren einfach weggeworfen, ein keltischer Pazifist; der Herbst war herrlich, Elfi kletterte täglich in den weiter und weiter klaffenden Schnitt, und mir wurde erst viel später klar, was in ihr vorgegangen sein muss: Weil wir in ihrer Sicht nichts taten, als sinn- und zwecklos im märkischen Sand zu wühlen, wuchs ihr Verdacht pausenlos um die Menge Abraum, die wir herstellten. Sie muss endlich überzeugt gewesen sein, dass wir zu ihrer Beobachtung geschickt worden seien. Anspielungen, erst heute verständlich, verdeutlichen das: ›Habt ihr heute wieder nichts gefunden? Ihr werdet auch nichts finden, jedenfalls nichts im Boden, da müssen ganz andere kommen! Wer mit Elfi in die Kirschen gehen will, muss früh aufstehen!‹ Sie stülpte mir ihren nackten Hintern, den sie durch Hochschlagen ihres Rockes, unter dem sie nichts trug, entblößte, über den Schoß und rief: ›Such nur weiter, such nur! Was du suchst, liegt tiefer! Noch tiefer! Ja!‹

Eines Tages kehrte Meier-Glöhsa mit der Nachricht von der Post zurück, das Institut erwarte von uns den Abbruch des ergebnislosen Unternehmens. Danach hörte ich von Elfi, bis auf die Postkarte, eine Weile nichts, dann sickerte die Wahrheit durch.

Aus Furcht, Meier-Glöhsa und ich, Abgesandte einer Kontrollbehörde, möchten vielleicht doch Verdächtiges bemerkt haben, startete Elfi eine Nacht- und Nebelaktion, fuhr mit einem Lastwagen und dem Dorfpolizisten von Bauernhof zu Bauernhof und enteignete im Namen des Volkes antike eisenbeschlagene Truhen, Schränke des Bauern-Barock, Kupfer- und Zinngerät, seit Jahrhunderten im Besitz der Familien, welche anschließend im Auffanglager Mariendorf in Westberlin eintrafen und diese dubiose Geschichte per Rundfunk verbreiteten. Freilich: viel zu spät. Elfi war längst vor ihnen angelangt, vermied das Auffanglager und zog mit ihren Schätzen durch die Luft gleich weiter. Heute lebt sie in North Carolina, USA; ist amerikanische Staatsbürgerin, wie man hört, und soll eine Tankstelle betreiben. Nun weißt du alles, Lene! Das ist die Geschichte! Willst du noch etwas wissen? Wie? Du meinst, wie wir uns dort unten in der Planetenritze amüsiert haben?«

Selber von der improvisierten Erzählung angeregt, robbte Barthold seitlich über die daumenbreite hölzerne Kluft zwischen den beiden Bettgestellen hinweg, kantiger Druck links an der Hüfte, unter Margarete Helenes Steppdecke: dort herrschte eine höhere Temperatur als unter der seinen. Sie selbst ruhte still auf dem Rücken, spürte das Näherrücken, noch näher, bis zum plötzlichen Kontakt mit einem länglichen unförmigen und doch festen Gegenstand. Sie griff danach, fand den Umfang gartenschlauchähnlich, dreiviertelzoll, nur statt der Messingmündung mit einer sich anfühlenden runden Kuppe versehen. Ihr Griff wurde fester und zugleich beweglicher: Ob Elfi das ebenso getan habe, fragte sie, was Bestätigung erfuhr. Welche Rolle er einstmals in dem reziproken Ereignis zwischen Wänden aus feuchtem Sand gespielt? Schon erschien seine Rechte, verselbstständigte Finger – als sollte auf einem Klavier eine Tonleiter einhändig geübt werden – riefen, nachdem sie sich innerhalb der Behaarung zurechtgefunden, unterschiedliche Reaktionen hervor; eine davon: die Lageveränderung ihrer Schenkel. Bitte noch die Etüde. »Vorspiel«, hieß das in Anleitungs- und Aufklärungswerken, und war höchst angenehm, hätte stundenlang weitergehen können, bis man, gänzlich zu einer Tastatur geworden, würde man nicht überrollt, überfallen, überdeckt von einem anderen Leib, zielgerichtet, ins Ziel dringend, getroffen bis ins Innerste, sich anklammern muss, um nicht wie Gelatine auseinanderzulaufen, Lichtflecken oben, Schattenflecken, ineinander übergehend, sag was, sprich weiter von dem, was du damals gemacht hast, wie ihre Brüste waren, ihr Bauch, ihr Arsch, ihr Haar, ihr Schlund, sag mir alles, war sie besser, sag's mir, war sie dicker, war sie fetter, sag's doch, sag's, nein, sie war's, nein, sie war's nicht, sie war knöchern, knöchern, knöchern ...

Irgendetwas ist geschehen, das Barthold nicht begreift. Eben noch gemeinsam Feuer und Flamme, hat auf einmal kalter Guss den Brand gedämpft: Sinnlose Mechanik ist geblieben; stummer Rhythmus; unter Barthold ergaben sich Veränderungen, für die es keine Erklärung gibt; solche zu suchen, kaum der richtige Moment: Man muss seine Sache zu Ende bringen. Ein zeitweiser Abfall der Spannung kommt im besten Leitungsnetz vor. Überbelastung vielleicht. Ahnt aber keineswegs die vernichtende Bedeutung seiner physiologischen Einschätzung Elfis: »Knöchern«! Unterwegs zum Gipfel von Lust und Wollust, nahe der unübersteigbaren Spitze, von wo's im unterschiedlichen Tempo abwärts geht, stieß die oberflächlich deskriptive Formel Margarete Helene unversehens in den Abgrund der Unlust, der Anti-Lust, aus der keine Anstrengung Bartholds sie heraufzog. Knöchern!

Ist denn das kein unbewusstes Eingeständnis, in die Form einer Fehlleistung gekleidet, im Moment mangelnder Selbstbeherrschung? Knöchern – das sagt doch alles! Zerstreut liegt sie unter dem elastischen Wippen, Körper und Geist geschieden, weil letzterer unerwünscht reagierte, unvernünftiger als der Leib eigentlich; die Vernunft müsste sich selber sagen, genieße den Augenblick, der dem Körper gehört, und hebe dir das Spekulieren fürs Danach auf: Trotzdem nutzt das Sichselberzureden gar nichts. Daliegen, gefesselt von wachsender Last, die pustet und seufzt, ach, wäre es doch schnell vorüber, und unternimmt es, den Ablauf zu beschleunigen, mittels einiger routinierter Handgriffe an die entsprechenden Nervenknotenpunkte; gleich werden die unartikulierten Töne lauter, das Zucken flinker. Ohne innere Selbstbeteiligung erkennt man eine Groteske, über die man nicht lachen kann. Knöchern! Wie durftest du »knöchern« sagen? Ja, gut so, gut, so, endlich, endlich: Ja, ganz herrlich, mein Lieber, selbstverständlich ganz großartig, wie immer; nein, geh du nur zuerst ins Bad, ich nach dir …

Unheimliches Gemälde, Mixtur aus Rembrandt, Hieronymus Bosch und Kubin: im aufrecht stehenden, hintergründig erhellten Rechteck der Tür die schwarze Silhouette eines nackten Mannes, der sogleich verschwunden ist und seine sichtbare Anwesenheit durch Wasserrauschen ersetzt. Also: Klein-Roggenthin stimmte, da kam die Postkarte her, aber ansonsten? Margarete Helene meinte, ihr wäre, als ob sie diese Elfi-Novellette kenne. Irgendetwas daran kam ihr weder überraschend noch neuartig vor. War da nicht neulich eine ähnliche Story im Fernsehen anzugucken gewesen; leider vergaß man nach Abschalten des Apparates unaufhaltsam den Inhalt der dramatischen Werke; selbst die eindruckvollsten Tragödien und Komödien, von Shakespeare und Kleist bis Eberhard Pampig und Bandito Klomatzki, prägten sich dem Erinnerungsvermögen so wenig ein, dass man bereits eine Woche später nicht den leisesten Schimmer hatte, ob der Prinz von Homburg ein Kriminalstück über einen Spielbankcoup gewesen ist oder »Verlorene Liebesmüh« ein Schwank über die Bodenreform. Ihr war jedoch so, als hätte sie, im Nebenzimmer bügelnd, aus dem vor sich hin laufenden Gerät Analoges vernommen. Ging es nicht dort auch um eine Bürgermeisterin, und Barthold benutzte in seiner Verlegenheit und Einfallslosigkeit das televisionäre Abenteuer aus der Ära deutscher Anarchie als Grundlage, wandelte es ab, schnitt es auf sich zu, um damit die grausige Tatsache, die Margarete Helene von Anfang an vermutete, zu kaschieren. Durfte man dem Bericht der Silhouette glauben, jener wieder auftauchenden bloßen Gestalt, die unter Räuspern und leisem Geklirr von lockeren Sprungfedern ins Nebenbett sackte, indes sie nun aus dem Dunkel ins Helle schritt, das war zu bedenken, da nur noch die beiden Körper anwesend waren, denn wenn es vorüber war, war eben alles vorüber, und man hatte an dieser Materie keinen rechten Anteil mehr. Die Seele (oder wie man dieses sorgenvolle Konzentrat nennen sollte) hatte die Beziehungen zu ihrer Basis unterbrochen, die sich im Bad wusch, in obszöner Haltung, halb hockend, die Beine gespreizt, so wie man auf einem Pferd sitzen würde, das eben missbrauchte Teil mit viel Seife, darinnen die glücklicherweise stummen, gemarterten Spermien zur Gänze umgebracht wurden. Margarete Helene starrte dabei in den Spiegel auf eine Frau, die entfernte Ähnlichkeit mit jemand hatte, bei dem man zweifelte, ob man ihn wirklich kannte. Klein-Roggenthin. Knöchern. Nennen Sie mich Müller. Ich komme wieder. Morgen wird die Frau an der Wand vierzig, bloß wozu? Damit die grauen Strähnen sich vermehren: »Ein Ziel, aufs Innigste zu wünschen!« Und auch die Falten, damit die da zur eigenen Großmutter wird, hinkend, brabbelnd, irgendwas zu irgendwem. Sollte das alles gewesen sein? Um Gottes willen: bloß keine Bilanz. Bloß nicht dieser obligate Rückblick auf vier Jahrzehnte nebst Abwägen des Erlebten und Erfahrenen. »Es sei ihm, wie ihm wolle – es war doch schön!« Zum Kichern. Stattdessen die Feier absagen; es gab nichts zum Feiern. Aber Bartholds Kollegen sind längst eingeladen, und die Unterprivilegierte gibt nach. Nicht an morgen denken, das verdoppelt die Depression. Herzlichen Glückwunsch – Wozu? Zu der Tatsache, dass sie eine vierzigjährige Null ist? »Es wird die Spur von meinen Erdentagen«, ach, diese Klassiker, im unrechten Moment parat, können einen auf die Palme treiben. Ob das bisher überhaupt die Bezeichnung »Leben« verdient, das ist noch sehr die Frage, mein lieber Goethe, ob man nicht seine Tage nur verbraucht hat, wie alles andere auch, wie irgendein Mittel. Lebensmittel: eigentlich eine eigentümliche Zusammensetzung für etwas, das ganz etwas anderes ist. Lebens-Mittel. Mittels welcher Mittel lebt man denn? Nicht mittels Brot allein, es muss auch Wurst und Käse sein.

Barthold ist zu beneiden: zieht aus einem Buch wie eine Pflanze aus dem Boden Nähr- und Wirkstoffe für sich, verwandelt sie, zwar nicht in Chlorophyll, wohl aber in irgendetwas anderes, und ist zufrieden dabei. Mir ist das nie geglückt. Mäße man meine vierzig Jahre mit einem Instrument, Existenziometer, falls es so was gäbe, schlüge der Skalenzeiger kaum jemals über die Normalmarke aus, weder nach oben noch nach unten. Mittelmäßig alles. Lebensmittelmäßig. Sich für was einsetzen und daran zugrunde gehen, an einem Mann, an einer Idee, egal, an irgendetwas, aber es hat nicht sollen sein. Lag das am Mangel an den richtigen Männern oder den richtigen Ideen oder nur an der persönlichen Fähigkeit, sich selber an etwas zu verlieren. Hingabe heißt das wohl. So wie 'ne Nonne. Oder Rosa Luxemburg. Nicht als ein täglicher Kampf mit Unordnung und Staub. Dabei ist es geblieben. Unordnung und Staub. Kein Empfinden hat sich je als dauerhaft erwiesen. Die frühe Wellenlinie der Jugendzeit ständig weiter abgeflacht. Innerlich karg. Ein unbesätes Feld, auf dem jeder Same sofort wild aufschoss. Selbst ein geringfügiger Anlass, Barthold tanzte im Urlaub mit einer Urlaubsbekanntschaft, ließ außerordentliche Eifersucht aufblühen. Die Erlebensarmut ließ jede Kleinigkeit hypertrophieren. Doch diese zwei Dinge, eins und eins, konnte sie nicht zusammenzählen, um aus ihrer Verbindung die Quintessenz zu ziehen und einzusehen: Sie wusste darum nicht, dass ihre Befürchtungen hinsichtlich Elfis Ende nur auf solcher Grundlage derart ins Kraut schießen konnten. Im Gegensatz zu ihrer Großmutter, die es noch äußerlich getragen, jenes Monstrum, am Rücken zu schnüren, ein Fischbeinstäbchen neben dem andern, war Margarete Helenes Phantasie das Korsett angelegt, ohne dass sie ahnte, von wem, wann und wie. Aber die allerkleinste Lockerung dieser Einschnürung erlaubte sofort der gefesselten Vorstellungskraft ein Überquellen, wie plötzlich aufatmendes lebendes, machtvolles Fleisch. So schlugen gleich alle Reaktionen über den Rahmen hinaus, weil er eben so eng gebaut und drückend war, doch ohne dass sich Handlungskonsequenzen ergaben, denn das Korsett der Vernunft, oder was man dafür halten mochte, zog die Schnüre sogleich wieder fest an und dichtete den Rahmen erneut ab. Oft freilich verlockte sie das Niegetane und Niegewagte, obwohl die Bilder, die es begleiteten, Unschärfe aufwiesen, nur ganz und gar ungeheuerlich sein konnten: etwa Farmersfrau in Australien, endlose Prärie. Zu Pferd zu den Herden, eine Herrin, bewundert von ihren Untergebenen, abends zwischen jungen Männern am Lagerfeuer, Mond, Gesang, alle müssen ihr zu Willen sein, oder sie tritt in der Metropolitan Opera auf, gefeiert, verehrt, geliebt, der Musiklehrer hatte stets ihre Stimme gelobt, auch ihren blonden Zopf gestreichelt, oder Gattin eines berühmten Dirigenten, die im Hintergrund seine Karriere managte, Margarete Helene von Karajan, verehrt, geliebt, bewundert, und es kam ihr nie zu Bewusstsein, dass unter den Projektionen keine aus dem naheliegenden Bereich ihrer Umgebung sich befand. Verdiente Schweinemeisterin zu werden war kein Traum. Davon träumte vermutlich die Operndiva in New York. Ihr Leben, Margarete Helenes Leben, hatte seine Substanz verloren oder nie eine gehabt, weil es nicht das eigene Leben war, das man lebte, und das war immerhin noch das, was man am deutlichsten spürte. Oder zu spüren bekam. Alles aus zweiter Hand. Barthold als Mini-Montaigne, schlaue Sprüche abgebend, sich auf »höhere Werte« beziehend, als sei er nicht ein Nichts wie alle; ihr Nachbar gab sich als Machiavelli, weil es ihm gelungen war, von Berlin nach Berlin zu reisen; Bartholds Kollegen, die im Boden wühlten und sich Wissenschaftler titulierten und von sich selber keinen blassen Schimmer besaßen. Und wer war Margarete Helene oder was? Sie wusste nicht, was sie darstellte, und daraus stammte ihr Unglück: Sie hatte noch ein Original-Leben zur Verfügung und wusste nichts damit anzufangen. So war die Lage, meine Teuerste, und deswegen blieb dir gar nichts anderes übrig, als die Frau im Spiegel des Badezimmers schleunigst zu verlassen, die alternde Mahnerin, sollte sie sich doch um sich selber kümmern, indessen du ihr das Licht abdrehtest und ins Bett tapptest. Soll sie sich doch im Dunkeln in nie endender archaischer Finsternis ihrem Kummer hingeben oder den Farmersjungen oder sonst einer dürftigen Ablenkung: Dich interessierte es nicht länger, weil der Skalenzeiger wieder seine Mittellage eingenommen hatte, das Korsett exakt saß, eine Weile wenigstens, bis das Unbehagen wiederkäme, nur das ist neu, von Dauer und unwandelbar, während seine Äußerungen, zufällige Reflexionen, den Reflexen gleich sind, die auf stetig fließendem Wasser entstehen und verschwinden.

Happy birthday to you. Barthold gratuliert seiner Frau ohne musikalische oder gesangliche Umstände. Herzlichen Glückwunsch auf dem ferneren Lebensweg. Sogar bei einem so engen Verhältnis zueinander kann man nicht auf bewährte Redewendungen verzichten. Beim Aussprechen fühlt man sich selber fast wie ein Gast, der seine Pflicht tut. Dass man keine Schnittblumen schenkt, bedarf keiner Erklärung: Der historische Sieg über die Blumen entspricht dem über anderen Firlefanz. Nur Zweckvolles wird gefördert. Linné hätte sich die Mühen der Klassifikation sparen und stattdessen die Pflanzen auf ihre Einsatzfähigkeit als Ersatzstoffe erforschen sollen. Dafür hätten wir ihm schon ein Plätzchen im Pantheon eingeräumt.

Als Zeichen, dass ich dein gedacht, hab ich dir etwas mitgebracht! Und überreiche dir, hochverehrte Gemahlin, von der nur Kopf, Schultern und Arme aus dem Marmor des Bettzeuges ragen, du noch nicht vollendete, nahezu willen dörfliche Venus, dieses Klappkästchen: zum Geburtstag! Erstaunte Frage, was drin sei, nicht ganz glaubhaft: Solche gerundeten Kunststoffwürfel mit Messingschließe pflegen nur Pretiosen zu beherbergen: »Oh Barthold, das ist ja phantastisch! Außer dem Ehering und dem alten Erbstück von meinem Vater mit der schwarzen Onyxplatte habe ich keinen *richtigen* Ring! Was für ein Edelstein ist das eigentlich? Rauchtopas? Herrlich! Sieh mal: passt genau!« Die nun beringte Hand, dadurch unerwartet verändert, wie einer anderen Frau zugehörig, flattert vor Bartholds Nase herum, einmal flach ausgestreckt, die rosigen Fingerkuppen mit den kurzgeschnittenen Nägeln empor gebogen, einmal auseinander gespreizt, jeder Finger in Tätigkeit, bis auf den geschmückten, der sich steif und hochmütig von seinen vier Brüdern separiert: Kaum hat man was, ist man ein anderer. Barthold fängt die flatterhafte Hand und beugt sich darüber, schauspielerisch auch er, da er mit übertriebener Geste und devoter Neigung des Kopfes seine Lippen auf den schlafwarmen Handrücken drückt: »Deine Hand riecht gut!«

»Die riecht ja auch nach mir!« Beim gemeinsamen Frühstück in der Küche verursachen die gewohnten Handgriffe Margarete Helene Schwierigkeiten, weil der Ring vor unvorsichtigen Berührungen geschützt werden muss, was sie veranlasst, den Finger wie ein krankes Glied abzuspreizen, zugleich muss sie auch wieder und wieder drauf schauen, das Gold funkelt, man sieht richtig, dass es Gold ist, Barthold, und der Stein glimmt dunkel:

»Wo hast du den bloß her?« Sie erwartet keine Antwort auf diese eher rhetorische Frage und gibt sich auch zufrieden, da Barthold mit nicht ganz überzeugendem Lächeln »Banküberfall!« sagt. Während er noch müde vor seinem Morgentee hockt, das Gewicht der Augenlider spürend, die noch einmal zu schließen Genuss bereiten würde, um noch einmal dahinter milde Träume aufkommen zu lassen, versammelt das Geburtstagskind auf dem Tisch Bataillone von Gefäßen, Töpfen, Tiegeln und Grundbestandteilen für verschiedene Kuchen, die sofort gefertigt werden sollen.

»Würdest du dich mit deinem Tee ein bisschen ranhalten, Barthold, und mir dann helfen? Du kannst die Mandeln schälen. Mein Gott, mach nicht so ein Gesicht, es kommen doch in der Hauptsache deine Kollegen!« Das Schweigen ist der Klugheit bester Teil. Schade, dass sich meist niemand daran hält. Streiten lohnt ja nicht. Widerspruch ist sinnlos. Und Barthold, der daran erkennt, dass er noch lange nicht jene ersehnte Stufe stiller Weisheit erreicht hat, die vorletzte vor dem Nirwana, hadert darum stumm mit Margarete Helene, indem er ihr lautlos zuruft: Die anderen laden dich doch auch ein! Selbstverständlich müssen wir uns revanchieren! Das ist doch klar! Du sträubst dich immer gegen Dinge, die du von andern erwartest! Man muss ja auch mal außerhalb des Dienstes Menschen um sich sehen, man verödet sonst innerlich. Aber das ist dir ganz egal ... Und während er heißes Wasser über die Mandeln gießt, damit sich ihre Haut löse, träufelt er unsichtbare Ätze über Margarete Helenes Portrait in einem seiner inneren Bezirke, zerfetzt es, zerstört es, geht zeitlich weit zurück, ruft die Situation vorm Standesbeamten in sein Gedächtnis und erwidert auf dessen Frage, ob er Fräulein Margarete Helene, trotzig und mutig: »Nein!« Leiden und schweigen: Männer-Los. Der elektrische Quirl rotiert durch den gelben Brei über den Margarete Helene Rosinen schüttet, die sofort und widerstandslos in dem süßen Sumpf untergehen. Nun scheint es auch noch an der Haustür zu klingeln, das wäre *die* Erlösung: »Warte, ich mache schon auf!« Und ehe Margarete Helene noch ein allerletztes Warnzeichen geben, ihm ein »Aufgepasst! Achtung! Sei auf der Hut!« zurufen könnte, hat Barthold den Quirl abgestellt und im Sturmschritt die Küche verlassen.

Die Gesichtseindrücke werden nicht nur von natürlichen Konstanten, sondern auch von historischen Variablen bestimmt, wie ein Barthold unbekannter Nachfahre Montaignes festgestellt hatte. Aber noch schlimmer steht es um das Erinnerungsvermögen, das, obschon Träger unseres Bewusstseins, ein heimtückisch ungehorsamer Sklave, der dadurch seinem Besitzer opponiert, indem er die von ihm gehüteten und auf Befehl herbeigeschafften Bilder von sich aus heimlich verzerrt, verfärbt und höhnisch seinem Herrn Gewesenheiten präsentiert, die jener für genaue Abbilder seiner Erlebnisse hält, worüber der Sklave sich nur ins *abstrakte Fäustchen* lachen kann. Skepsis gegenüber der eigenen Miene ist angebracht. Erinnert sich Barthold zum Beispiel später daran, wie er mitten aus der Kuchenteigbereitung zur Tür lief, um einem Jemand zu öffnen, der sich mit einem Namen vorstellte, dessen Häufigkeit den Umfang der Telefonbücher bestimmt, so steht zwar ein junger Mensch vor ihm (immer sind diese Leute jüngere), aber das Gesicht, die Kleidung, die Haltung – alles perdue! Kein blasser Schimmer! Vielleicht war das auch die Absicht jener Behörde, der

Absenderin des jungen Mannes, welchen sie nach dem Prinzip der Unauffälligkeit in Dienst genommen und damit dem Gedächtnis Bartholds sofort wieder entzogen hatte. Dass er den jungen Mann, nachdem dieser sich als amtlicher Besucher ausgewiesen, mit einsetzendem Unbehagen, physisch als Magenübersäuerung merkbar, höflich hereingebeten hatte, erinnerte Barthold genauer als die folgende Wortwörtlichkeit des Gespräches. Auf dem Weg ins Wohnzimmer, dorthin hatte Barthold den Fremden gelenkt, fiel ihm siedendheiß ein, warum jener wohl gekommen sein möge: wegen des illegalen Geldumtausches natürlich! Jetzt war's rausgekommen und der ewig befürchtete Umstand eingetreten, den die Umschreibung eben »Ärger kriegen« nannte. Nun kriegte er Ärger. Verfluchte Scheiße. Warum bin ich jetzt nicht in North Carolina oder im Germanischen Museum in Köln, wo mir keiner was kann, sondern in dem alten Rumpelkasten von Einfamilienhaus, dessen wacklige Pforte von keiner *Habeas Corpus Akte* für zudringliche Gäste blockiert wird. Ach, Illusionen: selbst wenn das eigene Haus eine Freistatt wäre, die könnten einem Gas, Wasser, Strom und Lebensmittellieferung absperren, und man müsste nach drei Tagen doch kapitulieren. Die Unverletzlichkeit der Wohnung bedeutete nichts. Wie alle diese wundervollen Errungenschaften. Aus der Küche kam zuerst Margarete Helenes Stimme: »Wer ist denn da?«, danach sie selber, um, als sie den jungen Mann erkannte, eine Miene aufzusetzen, die ihm so häufig begegnete, dass sie ihn nicht mehr irritierte. Barthold erinnerte sich, dass er seine Frau vorgestellt und anschließend zu ihr gesagt hatte, dieser junge Mann sei um einiger Auskünfte willen gekommen, wie er selber behauptet habe. Der Fremde hatte Margarete Helene flüchtig zugenickt, sie sogleich übersehen und dann ein Notizbuch aus der Jacke gezogen, darin geblättert und, als hätte er die Stelle erst suchen müssen und nicht längst seinen Text vorher auswendig gewusst, Barthold gefragt, ob er nicht vor einigen Tagen im Intershop Chausseestraße gewesen sei? Also doch! Ein ständig sich erweiternder und vertiefender Abgrund klaffte zwischen Barthold und seiner restlichen Zukunft, viel war's ja nicht mehr, die unaufhaltsam versank. Zugleich stieg aus der höllischen Tiefe, wie durch ein Gegengewicht emporgehoben, das Gespenst eines künftigen Barthold auf, Hilfsarbeiter in einer Provinzfabrik, Steineschlepper, an die Kleinstadt per Ukas gebunden, Ziegel tragend, unter denen er fast zusammenbrach, Bergbau, abgemagert, Aue, Uran, strahlungsverseucht, weil Arbeit Strafe ist statt Selbstverwirklichung: Die vom Ethos der Arbeit quatschen, sollten mal selber im Winter Kohlen vom Güterwagen schippen, damit sie wissen, wovon sie reden!

»Ja«, gestand Barthold mit belegter Stimme, »aber das ist doch nicht verboten! Oder?« Dabei unterdrückte er die aggressive Heftigkeit im Ton, denn an dem kleinen Notizbuch, in blaues weiches Plastik gebunden, prallte ohnehin alles ab; es war trotz seiner Winzigkeit die Inkarnation der Macht, und vor seinen leise raschelnden Blättern hatte Barthold keinen Bestand. Darum auch empfand Barthold, der diese ungleiche Partnerschaft erkannte, darüber eine überdimensionale, zugleich aber kindische, weil hilflose Wut. Hätte vor ihm aus den abgetretenen Dielen ein Hebel geragt, zur Bedienung einer im Erker verborgenen *Doomsday-Maschine*, er würde ohne Zögern daran gezogen und die Welt in die Luft gesprengt haben. Inzwischen gab der junge Mann beiläufig zu, das Betreten des Intershoppes (und er gebrauchte tatsächlich dieses Suffix) sei keineswegs verboten, ebenfalls nicht der Einkauf von DDR-Bürgern, wie er mit sprachlicher Fahrlässigkeit hinzufügte, aber wem die Macht gegeben ist, und sei es nur eine aufrührende, dem ist noch lange nicht die Macht des Wortes zuteilgeworden, und möglicherweise gerade darum nicht. Es ist der bekannte Ausgleich, mit dem sich alle Machtlosen trösten. Barthold kam es vor, als hätte er in diesem Augenblick in »rasendem Tempo« nachgedacht, was er dem Jungen entgegenhalten könnte, da fiel zufällig sein Blick auf Margarete Helenes Hand, und die Übersäuerung nahm sintflutartig zu. Richtig übel konnte einem werden! Am besten: Erst mal nichts sagen! Oder: Hinhaltendes!

»Ich habe dort eine Flasche Steinhäger erstanden …«, erklärte Barthold und überlegte, ob er harmloser, unschuldiger erscheinen würde, falls er dem Anderen, der es gewiss ablehnte, ein Gläschen anböte. Noch besser als nichts sagen: sich dumm stellen. Das war auch früher schon so. Schwejk. Blöde aus der Wäsche gucken und so tun, als verstünde man bloß »Bahnhof«.

»Steinhäger ist Schnaps!«, fügte Barthold erklärend hinzu, hoffend, diese Definition möge nicht als ein sich Lustigmachen verstanden werden. Der Andere schaute ihn ungerührt an, und Barthold kam sich sofort durchschaut vor.

»Sie haben auch noch was anderes gekauft!«, hieß es, und da wurde Barthold klar, »glasklar«, wie er bei sich meinte, dass sie alles wussten. Vermutlich hatten sie Fräulein Unbereit schon abgeholt, sie »ausgequetscht« und ihr »die Würmer aus der Nase gezogen«. In was für ekelhaften Vergleichen man sich ergeht: Fräulein Unbereit, lappig, mit entwurmter Nase, hatte gewiss inzwischen Barthold »den Bonbon ans Hemde geklebt« und ihn damit »in die Scheiße geritten«, dass es »zum Himmel stank«. Margarete Helene sah aus unnatürlich vergrößerten Pupillen erst Barthold an, dann, indem sie den Arm hob, den Ring, bis ihr plötzlich bewusst wurde, dass der junge Mann diesem Vorgang folgte.

»Man darf doch wohl noch seiner Frau einen Ring kaufen ... ?«

Bartholds Stimmlage war viel niedriger als vordem, klang kleinlaut, sodass ihm selber schien, als flüstere er bereits. Der Andere blätterte im Notizbuch, wobei er zu verstehen gab, die Einkäufe Bartholds interessierten niemanden. Bartholds Herz machte einen Hüpfer: Eine Sekunde lang färbte sich die Umwelt rosig, Sonne brach durchs düstere Gewölk, alles war gut, man wollte wahrscheinlich wirklich nur eine Auskunft, bitte sehr, bitte gern, bitte gleich, doch der Mann mit dem unerinnerlichen Namen und dem rasch vergessenen Gesicht erklärte, Barthold habe in dem Laden unter anderem davon gesprochen, was ihm ein Ausländer mitgeteilt habe, woraus hervorginge, dass er in Beziehung zu diesem Ausländer stehe.

Barthold, wie vor den Kopf geschlagen, wackelte verblüfft mit demselben: Ein Irrtum! Die verwechseln mich!

Margarete Helene schüttelte genauso begriffsstutzig ihre unfertige Frisur, die erst nach dem Mittagessen geburtstäglich toupiert werden sollte. Blättern im Notizbuch:

»Und zwar heißt dieser Ausländer Mohnteine.« Ein Scheunentor öffnete sich, und Barthold merkte nach einer Ewigkeit, dass es sein eigener Mund war. Langsam schloss er ihn, dann sagte er im Brustton überzeugten und granitenen Zweifels:

»Sie meinen doch nicht etwa Montaigne?«

»Genau. Den Mann meinen wir!« wurde erwidert, und aus dem personalen Plural ging hervor, dass der pp. Montaigne bereits aktenkundig geworden oder in den Hauptcomputer eingearbeitet worden war. Barthold war nach Lachen zumute, wie er sich erinnerte, unterließ es jedoch: Besserwissen führt bestenfalls zu nichts, schlimmstenfalls zu negativen Auswirkungen. Der Andere führte aus, der Ausländer, wohl Franzose, wie?, habe keine positive Einstellung erkennen lassen, wie aus Bartholds Reden zu entnehmen gewesen sei, doch ginge es in der Hauptsache darum, dass er, Barthold, doch ganz genau wisse, dass jede Bekanntschaft mit Ausländern für ihn meldepflichtig sei. Barthold sei Staatsangestellter; was Barthold nickend bestätigte. Und damit Geheimnisträger, was Barthold statt loszubrüllen: was denn für Geheimnisse? Etwa dass es in der Steinzeit Steine gab? Dass die Bandkeramiker ihre Keramik mit Bändermustern verziert hätten?, schweigend anhörte, und bevor er die wichtigste Aussage zu Montaigne selber machen konnte, fuhr der Andere fort: ob dieser Ausländer ebenfalls Wissenschaftler sei? Wo und wann hätten sich beide kennengelernt? Habe sich der Ausländer längere Zeit in der Republik aufgehalten? Und so weiter und so fort; als nun hätte ausgerufen werden müssen, Mann, Montaigne ist seit vierhundert Jahren tot, dröhnten plumpe Schritte durch den Flur, polterten heran, und im Rahmen der weit offenen Wohnzimmertür erschien Herr Forster, schnaufend und fröhlich grüßend:

»Hallo, Freunde! Ich bin zurück aus dem Goldenen Westen! Eure Haustür stand offen, und da dachte ich, da meldest du dich gleich zurück!«, und setzte Stampfen und Poltern fort, indem er endgültig eintrat.

Barthold erinnerte sich, wie er auf einmal von einem *Déjà-vu* ergriffen und der Szene entrückt wurde: Das habe ich doch alles schon mal erlebt, wusste er, und weiterhin, dass nun Herr Forster auf den jungen Mann zutreten würde, ihm die pratzenhafte Hand reichen und den längst außer Kurs gesetzten Satz verkünden würde:

»Bartholds Freunde sind auch meine Freunde!« – was prompt geschah. Und ferner erinnerte sich Barthold, dass er sich erinnerte, diesen eigenartigen Zustand geistigen Entrücktseins aus Zeit und Raum mit zunehmendem Alter immer seltener durchgemacht zu haben: Am häufigsten hatte er sich in der Kindheit wiederholt, dann waren die Pausen länger geworden, bis nichts weiter übrig geblieben war als ein schwächliches, aber rares Aufmerken hin und wieder, als käme ihm die Gegend, in der er sich befinde, bekannt vor. Wäre der Anlass für die unerwartet eindringliche Rückkehr des kaum vermissten *Déjà-vu* nicht derart beängstigend und grotesk gewesen, Barthold hätte zugleich Glück empfunden. Denn dieses Außersichsein, verbunden mit genauer Kenntnis aller Geschehnisse der nächsten Minuten, bot sich, obschon Psychologie und Physiologie alles erklären mochten, als ein Versprechen dar, dass da mehr sei als nur ein Stück aufrecht gehende Materie, die sich ihrer Gefangenschaft in ihr selbst unglücklich bewusst sei. Barthold glaubte nicht an ein höheres Wesen oder an sich selber als höheres Wesen, von dem der bessere Teil nach dem Zerfall des irdischen irgendwohin umzöge, um selig bis in alle

Ewigkeit auf einer Wolke herumzusitzen. Aber in seinem Leben, arm an Epiphanien, durchrationalisiert, festgelegt bis zum Exitus, bewegte ihn jede spirituelle Abweichung dermaßen, dass er noch in Erinnerung an sie in Tränen hätte ausbrechen mögen, umso mehr, als diese späte durch die Anwesenheit der Amtsperson verdorben und unrein war. Barthold sah voraus, dass Forster, der Nachbar, gleich den unsauberen DIN-A4 Umschlag auf den Tisch werfen würde, um zu betonen: Da wäre was für uns Männer drin, alle Damen mal bitte nach draußen, und kichernd würde er gleich hinzusetzen: Er habe sich die Tüte ins Hemd gesteckt, aber auf den Rücken, darum sei sie ein bisserl durchgeschwitzt, die Grenzboys hätten ihn darum auch nicht kontrolliert, wie er so erschienen sei, das Jackett weit offen, bloß eine Aktentasche tragend, da hätten sie ihn gleich durchgewinkt, da hätte ihm ganz schön das Herz gepumpert, da wäre ihm die Muffe gegangen, schließlich habe er von seinem heimlichen Westmarkkonto bei der Dresdner Bank extra mehr abgehoben, um mal ein bisschen Nahrung für den inneren Schweinehund zu erwerben, meine Herren, und in jedem Porno-Kino wäre er zweimal am Tage gewesen, also nun mal wirklich bitte die Damen in die Küche!

Das schwebende Vorauswissen schwand mit jedem angehörten Wort, um einer alten Filmszene Platz zu machen, wie man sie aus x-mal im Fernsehen betrachteten alten Streifen bis ins letzte Detail kannte: dass da einer nicht erfahren soll, was ein anderer sagt; dass Anwesende versuchen, mit geheimem Fingerwinken, Hochziehen der Brauen, Augenzwinkern und ähnlich mimischen Einfällen, die Katastrophe zu verhindern. Barthold hatte dabei seine warnende Geste gerade einleiten können, als ihn der

Blick des Anderen traf und damit Barthold in einer ungewöhnlichen Pose fixierte, die sich nur unglaubwürdig zu einem Zurückstreichen des Haares umfunktionieren ließ. Herr Forster nahm ohnehin nur ungenau wahr, dass man ihm etwas signalisieren wollte, und antwortete auf die Frage des jungen Mannes, über welchen Grenzkontrollpunkt er denn heimgekehrt sei: »Bahnhof Friedrichstraße!«

Barthold räusperte sich eindringlich, Margarete Helene suchte Herrn Forsters unfreiwillige Selbstanzeige aufzuhalten, indem sie lauthals sich erbötig machte, Kaffee zu kochen, woraufhin von dem Andern abgewinkt wurde. Forster musste aber trotzdem eine atmosphärische Störung gespürt und sie auf sich bezogen haben, denn nun wandte er sich dem Ehepaar zu:

»Nee, danke. Ich will nicht länger stören. Sie haben sicher 'ne wichtige wissenschaftliche Unterredung. Über alte Töppe. Na, Doktor, keine Feindschaft deswegen nich! Ich meld' mich später wieder!« Er nickte dem jungen Mann zu: »Hat mich gefreut, Wiedersehen!« und zog sich unter gemildertem Poltern und gedämpfterem Gestampf aus dem Zimmer in den Flur und durch diesen aus dem Haus zurück. Die drei Zurückbleibenden schwiegen, bis kein Geräusch mehr zu hören war: Armer Forster, so dreht man sich selber einen Strick und steckt den Kopf in die Schlinge, ohne was zu ahnen! Illegale Einfuhr verbotener Druckerzeugnisse, aus denen hervorging, wozu unterschiedliche Geschlechtsteile eigentlich angeboren sind. Auch das unterlag der Geheimhaltung, und zwar aus keinem anderen Grunde als dem der Beziehung zwischen Regierung und Regierten, die sich den ersteren als eine zwischen Eltern und Kindern darstellte und die durch eine übermäßige Aufklärung vergiftet würde. Die Frage, ob ihre Eltern *das* auch machten, sollte erst gar nicht bei den Kindern aufkommen, denn die Antwort darauf reduzierte die Autorität der Eltern, wie die Eltern dachten: Darum sollten die Kinder solange wie möglich Kinder bleiben, und, mal ehrlich, Barthold, erwies sich eine gesunde Infantilität nicht als wünschenswert? Keine Verantwortung, keine nutzlose Selbstständigkeit. Alles war einfach, weil einem alles vorbestimmt wurde. Wie leicht ließ sich das pädagogische System überblicken: für gute Leistung gab es Lob, für Ungezogenheit Strafe. Da erübrigten sich eigene Bemühungen um Einsicht. Und wenn es als ungezogen galt, sich nackte Männer und Frauen anzugucken, so hatte man eben die Rute zu vergegenwärtigen. Barthold erinnerte sich, nach Verklingen von Herrn Forsters starkem Schritt, erklärt zu haben, wer Montaigne war.

»Seit vierhundert Jahren tot. Ein toter französischer Klassiker! Es muss ein Irrtum sein, Sie haben vielleicht eine falsche Information erhalten ...« Doch die Miene des Anderen teilte ihm sogleich mit, dass man höheren Ortes nie irre, nie falsche Informationen erhalte, sich nie täusche, eben das sei, was in alten, versunkenen Vergangenheiten nur einer gewesen war: unfehlbar. Die Unfehlbarkeit ist demokratisiert – gehörte das nicht zu den glanzvollen Errungenschaften unserer Gegenwart?

Trotzdem: Montaigne ist tot, unleugbar, und um den handelt es sich ja aller Wahrscheinlichkeit nach. Augenblick, gleich würde es Barthold beweisen, indem er von seinem Nachttisch das Werk des Besagten holte. Und lief schon, rannte fast, links und rechts an den Rippen einen feucht-kalten Abfluss ignorierend, dessen Quellorte bereits das Hemd unter den Achseln dunkel gefärbt hatten. Barthold erinnerte sich des Schocks (Schockes hätte der unten im Wohnzimmer formuliert), als die »Essays« auf der Nachttischplatte fehlten.

IV

Kaffeeduft, Löffelklappern. Tellerklirren. Gluckern eingegossener Flüssigkeit. Stimmen, teils weiblich, teils männlich. Zigarettenrauch. Zigarrenqualm. Prost, meine Liebe, auf Ihr Wohl! Ja: Trinken wir auf das Wohl des Geburtstagskindes! Hoch soll sie leben, dreimal hoch!

Margarete Helene dankte nickend und schweigend, ihr verfrüht geleertes Glas erhebend: Die Hauptperson hat ja gar nichts im Glas, los, Barthold, Mundschenk, gieß ihr was ein! Damit wir mit ihr anstoßen können. Und der so Beorderte füllt mit bereits unsicherer Hand seiner Gattin das Glas, leises Aneinanderklicken, Gluckern, erneut heben alle die Gläser, erneut rufen sie drei-Mal-hoch, um nach dieser Leistung den schon mitgebrachten Durst zu stillen. Obgleich erst früher Nachmittag, war man über die ersten Schlucke hinaus und in gelockerter Stimmung: Wir leiden doch alle derart unter Stress, nicht wahr Doktor Gruse, da hilft ein Gläschen über die anfängliche Steifheit und Gehemmtheit hinweg. Dr. Gruse geht mit solcher Meinung derart konform, dass er sofort noch gerne etwas gegen Steifheit und für leichtere Kontaktaufnahmen getan hätte: Zwischen Frau Paumann und Frau Müller-Glasenapp gezwängt, hätte er dringend noch der Stärkung bedurft, um den beiden Damen weiterhin freundliches Interesse vorzutäuschen, was auf die Dauer ohne Kräftigungsmittel nicht durchzuhalten war. Er merkte, wie sich beim zustimmenden Lächeln seine Wangenmuskeln verkrampften, und er befürchtete, ein ihm eigenes nervöses Zucken der Oberlippe würde sich gerade jetzt melden und seine Miene Lügen strafen. Er war nahezu glücklich, als Barthold, seinen sehnsüchtigen Blick richtig deutend, ihn fragte, ob er ihm nachschenken dürfe: »Ich bitte darum!«, wobei Bartholds Höflichkeit sich als nackter Eigennutz erwies und als Gelegenheit, das eigene Glas bis zum Rand vollzugießen: »Prost, Herr Gruse! Prost Hugo, Prost Barthold, Prost, Prost, euer Wohl, Ihr Wohl, Frau Paumann ...« Sacht und unmerklich erwärmte sich das Klima der kleinen Gesellschaft; die Stirnen zeigten zarten Glanz, Hugo Sydow tupfte so unauffällig wie möglich mit einem Taschentuch seine Glatze ab und murmelte, als Margarete Helenes nichts sehender Blick ihn streifte: »Sehr heiß hier, ihr habt wohl eingekachelt ...« Bald baten die Herren um Erlaubnis, es dem Hausherrn gleichtun zu können, der in Hemdsärmeln dasaß; nur Herr Paumann schloss sich der allgemeinen Entblößung, verbunden mit Aufatmen und dem Einnehmen bequemerer Haltungen auf den dafür ungeeigneten Esstischstühlen, nicht an, in der Gewissheit, sonst daheim Zuhörer längerer und eindringlicher Ermahnungen seiner Frau werden zu müssen. So zuckte er die Achseln, lächelte und gab sich den Anschein, in einem kühlen Luftzug zu sitzen.

»Auf Ihre Gesundheit, Teuerste, Gesundheit und langes Leben! Hundert Jahre sollst du werden; sagen die Russen nicht etwas derartiges beim Trinken, keine Ahnung, hab' noch nie mit Russen getrunken, da seien Sie nur froh, lieber Sydow, ich musste das mal nach einer Konferenz in Usbekistan mitmachen, unvorstellbar, dass bei solchem Suff auch nur einer dem dabei geäußerten Imperativ, er solle hundert werden, annähernd Genüge tun kann ...«

Und auch der sinkende Tag – ein angedeutetes Dämmerlicht, als Isolation ums Haus gelegt, das sogleich dazu führte, dass jemand die Kerzen auf der Tafel entzündete, Frau Müller-Glasenapp oder Hugo Sydow, Doktor Gruse kaum, er hasste Stimmungs-Beleuchtung – tat ein übriges dazu, die noch offenbarten Konventionen immer weiter vergessen zu lassen. Das Sprechen wurde unmerklich lauter, auch unpräziser, monologischer: man kannte einander ja, sodass mit dem steigenden Abend die Barriere der Vorsicht ständig tiefer sank. Vorerst bewegte man sich noch im Rahmen einer an Geburtstagen üblichen Konversation: »Haben Sie gesehen, dass es jetzt in Spezialgeschäften, zum Beispiel im *Interwein* (Barthold horchte auf) portugiesischen Wein gibt, weißen und roten, sehr teuer, dreizehn Mark die Flasche, auch Ölsardinen aus Portugal hat eine Freundin von mir in einem Laden in Köpenick bekommen, wie die Sardinen ausgerechnet nach Köpenick gelangt sind, wo man im Zentrum seit Jahren keine kaufen konnte, ich meine, das ist doch wirklich komisch; meine Schwester schickt mir aus Hamburg immer dieses russische Krabbenfleisch, es sind Langusten, Ingrid, na, gut, meinetwegen Langusten, was es hier nicht gibt. Ja, bei Westgeld hört die ewige Freundschaft auf, das stammt übrigens von Bismarck, aus einer Rede vorm Reichstag, übrigens Bismarckheringe gab's auch schon seit Jahrzehnten nicht mehr. Nun, Herr

Sydow, wenn Sie mich fragen: Ich finde die internationale Lage ziemlich diffus, die Weltmächte sind selbst recht unsicher, wie es scheint, der letzte Schritt der Sowjetunion hat auch nicht den erwarteten Erfolg gezeitigt. Entschuldigen Sie, lieber Müller-Glasenapp, aber ich glaube, die Amerikaner haben die einzig mögliche Entscheidung getroffen, deren Auswirkungen heute noch nicht zu überblicken sind, wie sagten Sie, ich meinte: Die Auswirkungen sind nicht zu überblicken, da haben Sie recht, Herr Paumann, ich sage immer zu meiner Frau: Das Konzertanrecht ist noch das beste, was man hier erwerben kann; waren Sie vielleicht auch neulich in dem Bartók-Konzert, nein? Nein, das Theater ist unmöglich geworden, lauter Produktionsstücke, unerträglich, auf der Bühne tun sie so, als liefe alles prächtig, und im Laden kriegt man nichts, nee, nee, das tun wir uns nicht an. Wir bleiben bei Bartók und Brahms, Barthold, Sie sind so still heute Abend, ja, Barthold, stumm wie'n Fisch, sag doch auch mal'n Ton, oder nimmt dich der Geburtstag deiner Frau so mit? Wahrscheinlich philosophiert er über sein eigenes Alter, nichts für ungut, Prost, Barthold, ins Kino manchmal, meist läuft ja nichts, oh ja, nur mit Kapern, mein Mann sagt immer Kaliningrader Klops, ha ha, Kaliningrader Klops ohne Kapern sind wie Bouletten ohne Fleisch. Meine Schwester in Hamburg schickt mir immer welche, Gott sei Dank, wie machen Sie sie, Margarete Helene, sagen Sie, ist Ihnen nicht wohl, na ja, diese Geburtstagsvorbereitungen können einen umbringen, seien Sie froh, dass Sie nicht auch noch Kinder haben, Kinder können einen fertigmachen, in der Schule schreiben sie Leitartikel und zu Hause machen sie sich darüber lustig, Schizophrenie, nein, ins Kino überhaupt nicht, höchstens zu literarischen Veranstaltungen, neulich auf einer Dichterlesung gewesen, finden Sie nicht auch, dass mit den beiden irgendetwas nicht in Ordnung ist, mit Barthold und Margarete Helene meine ich, man sieht's den zweien doch an, die haben sich vorher gekracht, bestimmt, da hängt der Haussegen schief, ob's da kriselt, heute kriselt's doch in jeder Ehe, Barthold trinkt zu viel, aber wer trinkt eigentlich nicht zu viel, und dieser Dichter las aus seinen Werken Poesie und Prosa, äh, Hugo, wie hieß der Dichter noch, den wir neulich gehört haben? Grunert, nein Kunert, ja, so hieß er, mit einem Bart wie Rilke, aber Rilke bleibt Rilke, insbesondere der *Cornet*, jedenfalls las dieser Krunert Gedichte, die ziemlich unverständlich waren, sollte wohl *modern* sein, nur die Prosastücke, eigentlich auch wie Gedichte, die waren irgendwie pessimistisch, wissen Sie, irgendwie zynisch, fandest du das nicht auch, Hugo? Obwohl es auch ganz lustig war, man merkte, er macht sich lustig über das ganze System, aber keiner kann ihm an den Wagen fahren, ich finde jedenfalls, an ihrem Ehrentage hätte Margarete Helene ruhig zum Frisör gehen können, statt sich *so* hinzusetzen. Prost, Margarete, man ist nur einmal jung, wir bleiben es noch eine Weile, übrigens, Barthold, du hast was versäumt, ich hab's brühwarm von der Unbereit, die Staatssicherheit hat doch bei unserem Fingerow angerufen, ob unser Institut Beziehungen zu französischen Wissenschaftlern hat und ob wir vielleicht einen Mondäne kennen oder so ähnlich, jedenfalls geriet Fingerow in höchste Aufregung, sagt die Unbereit, und verwahrte sich dagegen, aber irgendetwas stinkt da, findest du nicht auch, bloß Näheres sollen die ihm auch nicht gesagt haben, na, uns soll's egal sein. Hoppla, Barthold, du hast schon einen kleinen Zacken weg, glaube ich, bloß schade um den schönen Schnaps, das Glas ist ja ganz geblieben, wohin, Barthold, Barthold, bring mir doch noch ein Bier mit, ja. Nein, Doktor Gruse, er holt 'ne neue Flasche, und wo ist überhaupt das Geburtstagskind, damit wir auf dasselbe anstoßen können?«

Zwischen Kühlschrank, Marke »Kristall« und Küchentisch ist ein Stuhl wie durch ein Wunder untergebracht: auf den Millimeter eingepasst; weniger exakt in dieser Anordnung auf dem Stuhl: Margarete Helene, voller flauer Gefühle von Kopf bis Magen, in Leib und Seele, ein Stück Weißbrot zwischen den Zähnen, das die alkoholische Übelkeit neutralisieren soll: ein altes Hausmittel und genauso unwirksam wie die meisten, aber sie kaut und kaut, doch die trockene, schwach durchspeichelte Masse will nicht durch die Kehle hinab.

Hier also trifft man sich, Helene! Barthold war beim Bücken genötigt, um ins leuchtende Innere des Kühlschranks nach der Flasche zu langen, sich an der weißen kalten Klappe festzuhalten. Schlagseite, sagt der Fachmann dazu, bloß von welchem Fach musste der sein, um das festzustellen? Klappe zu. Auch der Griff nach dem Messer, um den Kunststoffkorken aus dem Flaschenhals zu hebeln, ist merklich unsicher. Margarete Helene schluckt und schluckt, bis endlich der Kloß den Weg abwärts gegangen ist.

»Du verzeihst mir doch, Barthold! Du hast mir doch gesagt, dass du mir verzeihst, dass du mir verziehen hast ... Ich hab's ja nicht wissen können, nicht wahr ...«
Während Barthold, mit tückischen Schicksalsmächten um den im Flaschenhals scheinbar festgeleimten Korken kämpfend, ungeduldig begütigt:

»Ja doch, ja doch, ist ja schon gut …«

»Wenn … Wenn ich gewusst hätte, dass du dein Buch so dringend brauchen würdest, dann hätte ich es ja nicht weggeworfen vor lauter Wut … Ach, Barthold, ich hab das Buch gehasst, du hast dich darum mehr gekümmert als um mich …« Das klassische Lied von der Vernachlässigung, im Repertoire jeder Ehe stets vorhanden, ein Dauerbrenner, unsterbliche Reprise, aber als Entschuldigung für diese Untat, jawohl, Untat, will Barthold es nicht gelten lassen.

»Schon gut, hör auf; *der* hätte mir doch sowieso nicht geglaubt …« Und nach Worten tastend, zusätzlich zornig, dass diese sich ihm mehr und mehr entziehen, versucht er Margarete Helene klarzumachen, dass der junge Mann garantiert geglaubt hätte, auch unter Vorlage des Montaigne, Barthold würde Ausländerbekanntschaften unter sorgfältiger Beachtung ihres Namens schließen, um notfalls ein Alibi vorzuweisen, sich also zum Beispiel auf engere Beziehungen zu einem Engländer nur einlassen, falls der sich, sagen wir mal, Fielding oder Thackeray nenne, zu Italienern nur unter der Voraussetzung, dass sie Dante hießen oder Pirandello, nee, Pirandello nich, der is nich lange genuch tot, verstehst du, so denken die, in Schneckenwindungen, wie unsereins sich das gar nich vorstell'n kann, immer in so verqueren Schnörkeln.

»Du darfst mir nicht böse sein, Barthold!«, bröselt es aus trockenem Munde hervor, »nicht böse, Barthold, der hat doch gesagt, ich darf dir nichts von seinem Besuch sagen …«

Trotz eminenter Verzögerung der Gehirnelektrizität durch alkoholische Isolation entsteht doch der richtige Kontakt und Schluss:

»War ... war der denn schon mal da?« Margarete Helene nickt und beißt vom Weißbrot ab, weil ihr nichts Besseres einfällt: selbstverstummen, sich selbst mundtot machen, sich persönlich knebeln. Langsam bildet sich hinter Bartholds Stirn, indem er auf ihr selbst zwei tiefe Falten hervorruft, der Gedanke, betrogen worden zu sein.

»Warum hast du mir das nicht gesagt? Du musstest mir doch so was sagen! Jetzt haben sie sogar im Institut ... Wie konntest du mir das nur verschweigen?« Keine Antwort außer ein paar feuchte Krümeln, von der Unterlippe auf das blank gebohnerte Linoleum. Aus dem Wohnzimmer meldet sich Ungeduld, dringt bis zur Küche, Rufe nach Hausherr, nach Hausherrin, nach Bier, nach Getränken, nach der Flasche, die Barthold, indem er die Schneide unter den vorstehenden Korkenrand schiebt, mit einem Ruck öffnet, der Verschluss fliegt davon, Messer und Daumen, nun durch keinen Korken mehr getrennt, berühren einander heftig, Blut quillt, auch das noch: Verfluchte Scheiße! Und laut brüllend:

»Komme gleich! Komme gleich!« und wieder leiser:

»Wieso hast du mir das verschwiegen?« Margarete Helene hebt ihr Gesicht, die Lider, die Augen, den Blick, durch eine wässrige Schicht kaum Barthold erkennend:

»Ich dachte ... ich dachte, er kommt wegen Elfis Knochen!«

Besaßen Bartholds Erinnerungen an den Besuch des jungen Mannes noch Kontur und Chronologie, so bot der Geburtstagsabend sich nur als Scherbenhaufen dar, dessen einzelne Bruchstücke zu keinem Ganzen mehr zusammenzusetzen wären, wie sich nach dem Aufwachen am nächsten Vormittag zeigte. Weil schon alkoholisiert erlebt und damit selektiert, denn nach dem Verschwinden des jungen Mannes hatte ein starker Magnet den nachgebenden Barthold aufwärts ins Arbeitszimmer und zum Schreibtisch gezogen, wo er Beruhigung aus der Kruke schöpfen konnte. Das stand ihm klar vor Augen: wie er die dunkelbraune Steingutflasche mit dem bunten Etikett an die Lippen hob und so lange hielt, bis er konstatierte, dass er gleichgültiger wurde. Sollte der doch denken, was er wollte, ihm war's piepe und schnurz!

Aber das war gestern gewesen, während seines euphorischen Aufschwunges, nachdem ihm Zuspruch von Firma Steinhäger zuteil geworden war, dass ein derart nichtiges Zusammentreffen kein Grund zur Besorgnis sein müsse und gewiss folgenlos bleibe, dass die ganze kreatürliche Angst, angesiedelt im Gedärm und nahe dem Schließmuskel, wo sie sich nur in entsprechender Situation bemerkbar machte, überflüssig wäre, ein reines Produkt der Einbildungskraft, und dass Barthold getröstet in die Küche zurückkehren sollte, um die Festtagsvorbereitungen zu beenden. Kaum wieder rührend tätig, erfuhr er von Margarete Helene, sie, sie persönlich habe den Montaigne vor Wut weggeworfen! Trotz noch anhaltender, teilweiser Betäubung kam ihm jetzt im Bett zu Bewusstsein, dass sie damit etwas angerichtet hatte, was er vermutlich nie wieder würde vergessen können! Tatsache, wie mit Versalien von seiner Miene ablesbar, denn das Geburtstagskind erschrak sichtlich auf seinem Platz zwischen Kühlschrank und Tisch, wie er sich erinnerte, um ihn später am Abend vielmals um Verzeihung zu bitten – wann bloß?

Die Rückkehr aus übermäßiger Betrunkenheit gleicht der Rückkehr aus dem Reich des Todes; und wirklich:

Es ist ja wer gestorben, Gehirnzellen zumindest, in denen Lebenspartikel eingekapselt waren. Die sind nun hin und hinüber, samt Inhalt, was dazu beiträgt, dass sich Barthold fühlt wie ein Wiedererweckter, zittrig, schweißig, übel, in Kollapsnähe, ein umgekehrtes Sterben, zum alltäglichen Leben führend, sobald das Koma abgeklungen ist. Zur Bewahrheitung dieser umgekehrten Reihenfolge musste Barthold die Augen öffnen, die verklebten Wimpern, verkrustet von eingetrocknetem Sekret, vielleicht gerade jener Substanz, die während der Bewusstlosigkeit durch die Tränendrüsen ausgesickert und in der sich möglicherweise die nächtlichen Erlebnisse befunden hatten, die er nun im Kopf vermisste. Das Licht tat weh.

Wieso hatte sich Margarete Helene erneut entschuldigt? Unendlich sacht, ein Sisyphus, sich selber mühselig emporwälzend, wandte er sich zur Seite, seiner Gattin zu, vierzig Jahre und einen Tag war sie alt, lag auf dem Rücken, das Haar klebrig und wirr, der Mund halb geöffnet, im Unterkleid, unter dem sich die Brüste schwer zu beiden Seiten herabgeneigt abzeichneten, der Nabelort ein schüsselflaches Tal, der schwarze Schambewuchs, der Kürze des Hemdes wegen unbedeckt, wie eine Lustmord-Leiche, schlapp und mit verrenkten Gliedern auf dem zerknüllten Laken nach der Tat. Barthold bemerkte fröstelnd, wobei er zum ersten Male misslingende Schluckversuche unternahm, dass auch er unbedeckt dalag, nur mit dem Oberhemd bekleidet, den immerhin gelockerten Schlips um den Hals und schwarze Socken an den Füßen: Alles Sonstige lag wild im Schlafzimmer verstreut. Zurücksinkend berührte seine fallende Hand die Steppdecke seitlich des Bettes, ergriff sie und zog sie, ohne den Schädel dabei zu bewegen, was ihn sonst vom Rumpf gesprengt hätte, langsam, langsam über sich. Auch schloss er erneut die Augen: Wann war man denn bloß ins Bett gekommen? Und vor allem: Wie? Was war eigentlich gewesen?

Eine Flasche aufgemacht. Sich dabei in den Daumen geschnitten. Viel Blut, wie immer aus solchen Wunden. Sie hatte ihm verschwiegen, dass *er* schon vordem dagewesen war. In der augenblicklichen Erinnerung, die etwas Statuarisches hatte, kam ihm das alles wie ein Vorgang unter Fremden vor. Seltsames Paar, Barthold und Margarete Helene. Unbekannte Leute. Am besten, man hätte mit ihnen nichts zu tun. Den Wunsch, ein ganz anderer zu sein, verspürte man nicht das erste Mal, aber nie bisher so dringlich wie jetzt. Alles hat sie dem und mir verschwiegen. Schweigen ist Verrat. Eindeutig. Sie hat ihn sozusagen ins offene Messer rennen lassen, jetzt blutet er wie ein Schwein und versucht die Verletzung zu stillen. Andere Leute, Lemuren, Hexen, maskenhaftes Gesindel, besetzten die Küche und entwanden ihm Flasche und Messer, das Vorangegangene völlig missverstehend, denn Blutflecken auf seinem Hemd stammten ja aus seinem eigenen ehrenwerten Daumen. Aber die Langeweile des Lebens stimmt solche Leute immer auf Sensationen ein, lässt sie stets Katastrophen erhoffen, ein Messer, ein Blutfleck und der Selbstmordversuch ist fertig. Idioten. Alle. Noch dröhnten ihm ihre Stimmen im Ohr, begütigendes Zureden, aber unverständlich, eine laute Brandung, die sich an der Massivität seiner Betrunkenheit brach und verebbte. Plötzlich saßen alle wieder im Wohnzimmer. Barthold hob diesen Scherben auf und erblickte eine Tischrunde, alle lachten übertrieben, auch Barthold, doch mehr gab die Impression nicht her, ein rätselhafter Streifen aus einem Film, dessen Fabel man nicht kannte. Barthold erinnerte sich dann doch, es müsse sich um seinen Daumen gehandelt haben, der weiß verbunden von der auf dem Tisch ruhenden Hand aufrecht abstand, wie erigiert und verkleidet, Mensch, müssen wir besoffen gewesen sein, und Barthold verzog den Mund in der Erinnerung an das blödsinnige Gelächter. Der Mund gehorchte ungern: eine einzige gedörrte mumifizierte Angelegenheit, darinnen eine viel zu dicke und Platzmangel empfindende Zunge, aber aufstehen, ins Bad zum Wasserhahn, das zeigte sich im Moment noch als eine derart gewagte Expedition, von der Barthold wusste, dass er sie nicht einmal würde einleiten können. Später oder früher hatten sie auch noch getanzt, nach Radiomusik, stampfende Gestalten, den Tisch weggerückt an die Wand, da hatte sich das Gehirn noch nicht aller anatomischen Bindungen begeben wie jetzt, da es hinter der Stirn nur so umherschlabberte, da waren die Beine noch in der Lage gewesen, den Körper zu tragen. Eine Melodie meldete sich und verharrte im Rhythmus ihrer ersten Takte: Drei Apfelsinen im Haar und an der Hüfte Bananen – und wie ging's weiter im Text? Hatten nicht alle mitgesungen? Bartholds Tanzpartnerin, Frau Paumann oder Frau Sydow, hatte auf jeden Fall mitgesungen, und er hatte ihr dafür zum Ausgleich in die Bluse gegriffen; das erwartete man zur vorgerückten Stunde von den anwesenden Herren, um mit gespielter Entrüstung, mit Kichern und Klapsen Handgreiflichkeiten zu genießen, um von denen später, irgendwann, bei passender sexueller Gelegenheit zehren zu können.

Irgendetwas hatte Margarete Helene im Moment des Daumenschnittes gesagt, irgendetwas Wichtiges und zugleich Wahnsinniges, das ihr verräterisches Schweigen wie auch ihr unentschuldbares Verhalten sowohl erklären wie motivieren sollte. Aber pausenlos baute sich eine Barrikade aus zwei Apfelsinen im Haar und an der Hüfte Bananen davor auf und vereitelte die Erinnerung an Margarete Helenes Geständnis. Konzentration war unmöglich. Das schlabbrige Hirn entzog sich dem Zugriff wie ein feuchtes Stück Seife. Zwei Apfelsinen. Margarete Helene hatte auch zwei, freilich nicht im Haar, und ganz schön reif. Und an der Hüfte Bananen. Über Bananen war doch auch gesprochen worden? Wieso über Bananen?

Im Blitzlicht des Wiedereinfallens erkennt Barthold sich selber in seinem Arbeitszimmer, umringt von der maskulinen Hälfte der Gäste: Er hat soeben aus dem großen braunen Umschlag, getränkt von Herrn Forsters Rückenfett, die bunt gedruckten Hefte gezogen und zeigt sie herum: Mit ’ner Banane! Guck mal an! Jetzt liegen die abgelichteten Paarungen und Dreiungen und Vierungen anstelle des Montaigne auf dem Nachttisch, aber wie die hierherkommen, das ahnt Barthold nicht. Und an der Hüfte Bananen. Das ging nie wieder aus dem Gehör raus; das musste operativ entfernt werden; das war mal sicher. Und nun ächzte und stöhnte es auch noch neben Barthold, die Leiche regte schwerfällig ihre müden Knochen. Oh; der Funke zündete:

»Elfis Knochen!«

Wie aus einer Ohnmacht zu sich kommen: Man weiß nicht, wo und wer man ist. Weil man vergaß, das Schlafzimmerfenster aufzumachen, was eigentlich Bartholds unausgesprochene Aufgabe ist, steht eine giftige Atmosphäre dicht im Raum. Margarete Helene fühlt sich schweißig und zerschlagen, wie nach dem Schuppenabriss; wenngleich sie sich nach dieser Leistung nicht derart kaputt vorkam wie jetzt. Ob Barthold noch schläft? Entschluss, sich selber weiterhin schlafend zu stellen, um den Beginn der befürchteten Auseinandersetzung hinauszuschieben. Wenn nur der Kopf weniger leer wäre! Sie muss rasch überdenken, was sie Barthold sagen will: sich so aufzuregen, dass er sich fast den halben Daumen abschneidet! Kein Grund, Barthold, schau mal, so wird sie angeben, es war eine Verkettung unglücklicher Umstände. Und eigentlich bist du selbst daran schuld! Durch die Postkarte dieser Elfi bin ich aus dem Häuschen geraten, mag sein, für den Anlass etwas übermäßig, aber du weißt ja, wie ich bin, ich bin halt eifersüchtig, misstrauisch, wittere immer gleich Unrat, und weil du so rumgedruckst hast, mein lieber Barthold, da ist es doch wohl klar, dass sofort der Verdacht entstehen musste, irgendetwas sei nicht in Ordnung. Warum hast du auch die Postkarte aufgehoben? Deine Worte klangen auch ziemlich seltsam. Als ich dann die Knochen im Schuppenboden fand, kam mir der phantastische Gedanke, das könnten Elfis Knochen sein. Ich weiß auch nicht, wie ich darauf kam. Zugegeben: Es ist weit hergeholt, und im ersten Moment habe ich auch darüber gelacht, innerlich, doch plötzlich erschien mir der Einfall überhaupt nicht mehr abstrus, ich bin wahrscheinlich etwas überspannt, und da hättest du ganz recht, so was anzunehmen. Es ist krankhaft, sich so was auszudenken. Pathologisch. Ein normaler Mensch kommt nicht auf solche Ideen. Das weiß ich selbst ganz genau. Es muss eben ein Defekt vorhanden sein, der jetzt zum Ausbruch gekommen ist. Meine Großmutter, bei der ich aufgewachsen bin, hat mir zu viele Schauergeschichten erzählt; das sind nun die Spätfolgen, Barthold. Ich glaube immer gleich ans Schlimmste, Ausgefallenste, Extremste, nie ans Nächstliegende. Ich wandere ständig am Rand von Katastrophen dahin. Und es kommt noch ein Umstand hinzu, der meine pathologische Vorstellungswelt auf die Wirklichkeit übergreifen lässt. Ach, Barthold, du kennst doch diese Zustände, wo Gedanken und Unternehmungen wie zwanghaft erscheinen; sogar wenn man weiß und sich selber sagt, tu das nicht, das ist falsch, tut man es doch gegen besseres Wissen! Obschon man vorher einsieht, man ist dabei, einen Fehler zu machen, kann man nicht aufhören, ihn zu vollenden. Man tappt in eine Falle wie ein blindes Huhn; gut, der Vergleich ist nicht glücklich gewählt und klingt eher komisch, aber ganz genauso ist es doch. Keine Ahnung, woran das liegen kann. Jedenfalls ließen sich die Knochen nicht mehr vergessen, und je mehr ich überlegte, desto wahrscheinlicher schien mir, dass sie nur von Elfi stammen könnten. Ich habe gegrübelt und gegrübelt über unser Kennenlernen damals, jeden Tag, jede Stunde habe ich zu rekonstruieren versucht, um dich dabei zu ertappen, wie du dich verdächtig benimmst. Ich habe dein früheres Benehmen kontrolliert, um etwas zu entdecken, das darauf hingewiesen hätte, du habest dich so von Elfi getrennt, wie ich es mir einbildete. Gleichzeitig entschuldigte ich dich aber damit, dass du es meinetwegen unternommen hast. Dass sie dich nicht freigeben wollte. Dass du eventuell wirklich mit ihr verheiratet warst, und sie sich nicht scheiden lassen wollte. Nach dem Kriege kamen doch solche Dinge jeden Tag vor, und vor der Mauer auch: Der Mann meldete seine Frau als in den Westen verzogen oder geflohen und fertig war's. Erinnere dich doch an den Film »Scheidung auf italienisch«, wo Marcello Mastroianni seine Frau mit dem Revolver erschießt, um eine andere heiraten zu können. Daran musste ich immer denken. Ob auf diese Weise das Klimakterium einsetzt? Manchmal soll das ja mit hysterischen Wahnideen verbunden sein, etwa dass man dauernd befürchtet, vergewaltigt zu werden, oder dass man es dauernd erhofft. Sogar eine Scheinschwangerschaft kann durch Einbildung entstehen. Ja, Barthold, ich bin mir bewusst, dass ich unnormal reagiert habe, indem ich die Knochen eingewickelt und zu meinem Arzt mitgenommen habe, um zu fragen, ob es sich um Menschenknochen handelt. Er hat sie dabehalten, weil er's selber nicht wusste: schöner Mediziner! Und als der junge Mann vorgestern hier erschien, ja, schon vorgestern, da meinte ich, der Arzt hätte die Polizei benachrichtigt, weil es Menschenknochen seien und er seinen Verdacht gemeldet habe. Erst als *der* im Wohnzimmer vor mir stand, da wurde mir klar, was ich eigentlich angerichtet habe; wie aus einem verrückten Spiel plötzlich Ernst geworden war, und das verschloss mir den Mund, ich hätte kein Wort über die Lippen bringen können, und als sich gestern Nachmittag herausstellte, dass es gar nicht um Elfi ging, konnte ich dir natürlich erst recht nicht erklären, wieso ich gedacht hatte, weshalb *er* gekommen sei und warum ich dir verschwiegen hatte, dass er schon am Tage vorher einmal dagewesen war! Verstrickt, so kann man es nennen; ich fand aus dem Knäuel nicht mehr heraus. Bitte glaub' mir, Barthold, dass ich es, so falsch es war, nur deinetwegen getan habe. Heute sehe ich, ich wollte nichts anderes, als mich selbst überzeugen, dass ich Unrecht habe! Ziegenknochen! Schafsknochen! Diese Diagnose hatte ich erwartet, falls ich überhaupt was erwartete, und nich' bloß spontan und verwirrt gehandelt habe. Die Verkettung der Umstände, wie gesagt, hat mich in diese Lage gebracht, in der du mich für eine schlechte Ehefrau halten *musstest*! Und dass ich dann noch dein Lieblingsbuch beseitigt habe, ausgelöst durch diese Elfi-Affäre und ausgerechnet in dem Augenblick, wo du es dringend brauchtest, um deine Unschuld nachzuweisen, das tut mir ganz besonders leid. Verzeih! Was soll ich tun, damit du mir verzeihst? Glaube mir wenigstens, dass ich keineswegs aus Bösartigkeit mich so verhalten habe. Ich war mir der Tragweite nicht bewusst. Ich war eben nicht ganz da im Kopf. Wie ein Betrunkener oder ein Neurotiker oder wie ein betrunkener Neurotiker. Gib mir die Hand und sag', dass du mir verzeihst!

Beinahe eine Rede, was Margarete Helene beabsichtigt hatte; doch alkoholische Nachwehen zogen wie Grauschleier über ihr Bewusstsein in wechselnder Dichte dahin, trübten es und verdunkelten das Zentrum, worin die verständlichen Formulierungen entstehen, sodass am Ende von dem langen und einsichtsvollen Geständnis nichts weiter übrig blieb als die Geste, die darin bestand, dass Margarete Helene zaghaft und kraftlos ihre Hand nach der Bartholds ausstreckte, der jedoch die seine scheinbar unwillkürlich fortzog. Missglückte Kontaktaufnahme; Margarete Helenes Hand landete irgendwo auf der Steppdecke, was Barthold veranlasst um ihre Entfernung zu bitten:

»Nimm sie von meinem Magen. Mir ist schlecht genug …« Margarete Helene nahm sie zurück wie eine Bittschrift, abgefasst in fremder Sprache und unleserlicher Schrift.

»Armer Forster!«, fuhr Barthold höchst mühsam und undeutlich fort, da die Lippen sich voneinander nur ungern trennten, weil sie wie mit Kleister bestrichen zusammenklebten:

»Zum Totlachen, wäre es nicht so ernst. Der hörte ja überhaupt nicht auf, sich um Kopf und Kragen zu reden. Zu dumm, dass er meinen Wink nicht kapierte. Könntest du vielleicht das Fenster öffnen, du liegst doch am nächsten ...«

Schweigend, doch das Fensteröffnen als Buße für ihre Verfehlungen annehmend, streckte Margarete Helene die Beine zur Seite, wobei sie sich gleichzeitig mit großer Vorsicht aufrichtete, um die Leiden ihres Hirns nicht zu verstärken. Genauso langsam schob sie die Bettdecke von sich, dann schwenkte sie die Beine abwärts, bis die Fußsohlen den Bettvorleger berührten, das flauschige Material, sonst mit Wohlbehagen registriert, während der Oberkörper immer mehr in die Vertikale gerichtet wurde, ins Lotrechte gebracht, links und rechts von den Armen abgestützt, schräge Pfosten, welche die Plastik hielten. Aufzustehen bedeutete das größere Problem, und Margarete Helene musste erst überlegen, ob sie zuerst das Gewicht auf die Unterschenkel verlagern solle oder auf die Arme, damit sich der übrige Körper vom Bett erhöbe. Nach der Entscheidung wären ihr beinahe die Beine weggeknickt, da die Knie heimlich ihre Konsistenz verändert zu haben schienen: in nachgiebigen Schaumstoff. Trotzdem gelangte sie auf irgendeine Weise ans Fenster, zerrte matt beide Flügel nach innen und holte tief Luft. Dass es so was noch gab wie frische Luft! Lang vermisster Genuss. Heilmittel. In tiefen Zügen in die Lungen gesogen: aus ein aus. Hinter sich vernahm sie Bartholds Gemurmel; er bat um ein Glas Wasser, und weil sie sich zu tätiger Reue entschlossen hatte, wanderte Margarete Helene im Zeitlupentempo durchs Zimmer, auf den Flur und ins Bad, wo sie einen Zahnputzbecher aus blauem Plastik mit Wasser füllte. Den Becher trug sie, eine schwankende Hebe, an Bartholds Bett und reichte ihm den Trank dar, der ihn zum Leben wiedererwecken, zumindest sein Sprechwerkzeug entfesseln sollte. Ohne abzusetzen, goss Barthold das Wasser in sich hinein und bestellte einen zweiten Becher, den er auch erhielt, nachdem zur eigenen Durststillung Margarete Helene selber im Bad mehrere Male die gleiche Menge hinuntergegossen hatte.

»Wir müssen Forster Bescheid sagen ...«, meinte Barthold, in die Kissen zurückgesunken, leidend und müde:

»Er muss doch wissen, welcher Ärger auf ihn zukommt, er muss doch darauf vorbereitet sein ...« Und mit einem schmerzlichen Blick:

»Es soll ihm nicht so gehen wie mir!« Und weil Margarete Helene klar war, dass sie Absolution nur erhalten würde, falls sie sich gänzlich den aktiven Bußübungen unterwürfe, zog sie aus dem Kleiderschrank ihren alten verblichenen Gartenkittel und streifte ihn über. Das Schließen der vorderen Knöpfe nahm eine Weile in Anspruch, indessen Barthold ihr mitteilte, sie solle doch dem Nachbarn gegenüber zum Ausdruck bringen, wie leid es ihm, Barthold, tue, dass diese Sache passiert sei! Wenn möglich, solle sie Forster beruhigen: mehr als dass die Hefte beschlagnahmt würden, sei wohl nicht zu erwarten. Möglicherweise eine Geldstrafe für unerlaubte Einfuhr. Abwarten und Tee trinken. Ruhig Blut. Nichts wird so heiß gegessen wie gekocht. Nur keine Aufregung. Unterdessen hat sich Margarete Helene schon durch die Tür begeben und hört nur noch, wie Barthold ihr nachruft:

»Übrigens, was hieß das gestern Abend – Elfis Knochen?! Was meinst du damit?« Und sie, trotz des Schädeldruckes, rief laut zurück:

»Nachher! Ich sage dir nachher alles ...!« Das Knarren der Treppe verklang unter ihren hundertfünfzig Pfund, und Barthold fiel sein Traum von neulich ein: Viel hilfsbereiter hätte er sich gegenüber dem Staatsratsvorsitzenden zeigen sollen, gegenüber dem ersten Sekretär, gegenüber dem Vorsitzenden des Verteidigungsrates, gegenüber dieser weltlichen Trinität, denn jetzt könnte man seine mächtige Fürsprache brauchen; das hätte man früher wissen müssen; außerdem hätte die Begegnung auch in einer gewichtigeren Realität stattzufinden gehabt, sollte sie irgendwie von Nutzen sein. Der Mann brauchte doch bloß auf den Knopf zu drücken, und alles wäre wieder in Ordnung, aber Schäume blieben Schäume. Jeder starb eben für sich allein, wie es hieß. Man stand verlassen da und konnte auf Hilfe nicht rechnen. Geteilte Freude ist doppelte Freude, aber für Ärger, solchen Ärger, trieb man keinen Teilhaber auf. Mal ehrlich, Barthold: Du beklagst dich über dein Schicksal, aber falls es Dr. Gruse oder Hugo Sydow wie dir erginge, würdest du ihr Geschick teilen wollen? Zu ihnen stehen? Ihnen die Treue halten? Deine Erfahrungen lehren dich: Ein irgendwie in Verdacht geratener Kollege wird gemieden wie ein Lepröser, aus Furcht, sein politisches Leiden sei ansteckend, und man komme als Folge unachtsamen Kontaktes selber in Quarantäne. Das ist doch, in unserer Muttersprache ausgedrückt: mal Fakt. Es wagt mal wieder keiner, den

Juden zu grüßen: die klassische deutsche Krankheit. Der hätte Mut, der's dennoch täte; leider sind die Helden selten im Land, wo es vor Leuten mit diesem Titel wimmelt. Daher konnte Barthold für den armen Herrn Forster auch gar nichts mehr tun, als mit Bedauern an ihn zu denken; außerdem saß er, wie er meinte, selber viel zu tief in der Tinte, um irgendetwas unternehmen zu können, was, wusste er sowieso nicht. Wo Margarete Helene bloß so lange blieb? Das Bescheidsagen konnte sich doch nicht ewig hinziehen ...

Barthold ertastete auf der Nachttischplatte eines der Hefte und zog es an sich: *private* stand auf dem Titelblatt und darunter: *International Color Magazine*; das klang neutral und großsprecherisch, und Barthold hob die Knie leicht an, um es anzulehnen; er blätterte die erste Seite auf, die zweite, die dritte, wurde sogleich von dem Erschauten absorbiert; und ehe er sich dessen bewusst ward, hatte jemand seinen Halbschlaffen oder Halbsteifen, je nachdem, ob er's als Pessimist oder Optimist befummelte, in die heiße Hand genommen, und an der Routiniertheit des Zugriffes erkannte er, dass er es selber gewesen sein musste. Insbesondere die mehrpersonigen Bilder taten es ihm an und verlockten, sich selber was anzutun, was Gutes selbstverständlich. Obgleich die Gruppen gestellt waren, ging doch von ihnen eine Drastik aus, die Barthold bis in den Unterleib verspürte. Die Mädchen und Frauen zeigten lange schwarze Strümpfe, an schwarzen Haltern befestigt, und hatten auf alle weitere Bekleidung zugunsten der Sichtbarkeit ihrer anatomischen Details verzichtet. Manche von ihnen präsentierten dem Fotografen Einblicke, welche sie dadurch vertieften, indem sie mit spitzen Fingern, rot lackierten

Nägeln, einen Selbsteingriff unternahmen, um über die natürliche Spreizung hinaus die intimsten Falten zu entschatten und den ungeheuerlichsten Luxzahlen auszusetzen. Im Sekundenbruchteil, eine fünfhundertstel vermutlich, zur Besichtigung festgehalten, was männlicherseits sonst meist im Dunkel einer Körperöffnung geschieht. Fäden ziehend, farblos bis weißlich, befleckte es die mimisch übertriebenen Gesichter der paraten Damen, um eine aufregende Unterwürfigkeit zu demonstrieren, die, indem sie erkennen ließ, sie sei zu allem bereit, die assoziative Beteiligung des Betrachters enorm antrieb. Barthold imaginierte sich selbst in der Szenerie des nächsten Bildes: Vor ihm saß eine Frau mit schweren Brüsten, die wiederum auf einem Mann saß, mit dem sie durch Zapfen und Nut vereint war, indessen er, von dem Barthold nur die nackte Seite sah, ihr einen natürlichen Knebel in den Mund geschoben hatte, um sie daran zu hindern, über Einkaufschancen im Warenhaus, Kindererziehung, Hutmode, Rezepte, Haushaltsgeld, Vernachlässigtsein und dringende Hausreparaturen zu sprechen. Verdammt noch mal, warum war Margarete Helene jetzt nicht hier, um dem optischen Beispiel in einer Eigeninszenierung nachzukommen? Wo blieb sie nur? Wenn man sie mal dringend brauchte, war sie natürlich nicht da: immer dasselbe!

Zur aktiven Dualität entschlossen, raffte Barthold sich auf, um sein »Lustobjekt«, wie Feministinnen im Fernsehen alle Nicht-Feministinnen bezeichneten, schleunigst heimzuholen und sie ihrem Ehezweck zuzuführen. Sich auf ähnlich vorsichtige Weise aufrichtend wie vordem Margarete Helene, saß Barthold gleich danach auf der Bettkante, schaute in seinen Schoß, den das zu kurze

Oberhemd nicht bedeckte, und sagte tröstend: Warte nur, gleich kommt alles in Ordnung! Ein schwaches Zucken war die Antwort, ob Vorfreude oder Resignation, das blieb ungewiss. Aufgestanden und nach seiner Bekleidung Umschau haltend, erblickte Barthold Hose und Unterhose in der Ferne der Frisierkommode, machte sich dorthin auf den Weg, verwundert, wie die Sachen wohl da hingelangt sein mochten. Unversehens geriet er in die Sichtfläche des dreiteiligen Spiegels und erschrak über die Gestalt mit wirrem Haar und verquollenen Augensäcken. Mit Margarete Helenes Bürste brachte er eine oberflächliche Ordnung auf seinem Schädel zustande, dann nahm er in ihrem Frisiersessel Platz, um sich den Slip über die Beine zu streifen und die Hose folgen zu lassen: Im Stehen, jeweils ein Bein anziehend, wäre ihm das nicht gelungen in seinem Zustand. Noch im Sitzen stopfte er ringsherum das Hemd in den Hosenbund, hakte sie aufstehend zu und schloss den Reißverschluss. Jetzt benötigte er nur noch seine Schuhe. Doch trotz durchdringender Musterung des Schlafzimmers wurde er enttäuscht: Sie ließen sich nicht blicken und erweckten den Verdacht, einfach ohne ihn weggegangen zu sein. Darum versorgte sich Barthold aus dem Schuhschrank mit einem anderen Paar; Slipper, um sich nicht bücken und Schnürsenkel knüpfen zu müssen. Er zog sorgsam den Schlips am Hals fest, nicht zu fest, aber doch um dem üblichen Eindruck zu entsprechen.

Hoffentlich war mit Forster nichts passiert! Etwa ein Herzanfall, ein Infarkt wegen der schlechten Nachricht? Und Margarete Helene musste ihm erste Hilfe leisten? Oder ihr war übel geworden, und sie konnte darum nicht zurückgehen?

Mit der schweißigen Handfläche über den Handlauf des Geländers hinabgleitend, stieg Barthold durch das totenstille Haus abwärts. Und obgleich er es nur nüchtern beobachtet hatte, meldete sich das ständig aufs neue bestaunte Phänomen sogar trotz seiner anhaltenden Umnebelung: nämlich dass ein Haus, in welchem man sich allein befindet, mehr ist als ein Haus und weniger bloße Wohnhülse, als ein mit jemandes Anwesenheit geteiltes. Gerade die Einsamkeit des Bewohners gestattete dem Haus, seine metaphysische Qualität zu entfalten und deutlich zu machen. Plötzlich haben die Wände und Räume, Rahmen und Schwellen, Geländer und Stufen ihren Ausdruck verändert: Was sonst unbeachtet bleibt, wird nun offenkundig, auffällig: dass ihre Substanz nicht ausschließlich materiell ist; doch wie sie das zuwege bringen, könnte Barthold nicht erklären, denn optisch bleibt alles beim Alten. Und doch wirkt kein Gegenstand wie sonst, sondern völlig verändert, aber das ist es ja eben: Diese Veränderung ist ungreifbar und darum unheimlich. Man möchte meinen, sie schliefen, um unter Bartholds Blick zu erwachen, ohne ihre gewohnte Lage zu verlassen. Auch ist ihr Schweigen schweigender als gewöhnlich, da sie die üblichen Geräusche ihrer in sich und für niemand arbeitenden Stofflichkeit nicht wie sonst äußern und dadurch zu verstehen geben, dass ihre Gesamtheit von Bartholds Dasein Kenntnis nimmt und ihm nicht nur ebenbürtig, sondern überlegen ist, in einem stummen Triumph größerer Dauerhaftigkeit, welche Barthold versagt blieb. Nur solange sie, die das Haus bilden, existieren, besteht auch für Barthold die Möglichkeit, eine Spur zu hinterlassen, freilich eine gänzlich unentzifferbare, die sie jedoch durch die Zeiten tragen.

Durch ihr verächtliches Schweigen bekunden sie ihm ihre Suprematie.

Für Herrn Emanuel Forsters Haus wäre die Bezeichnung »Haus« zu großartig gewesen; selbst nach den Wohngewohnheiten des späten 20. Jahrhunderts, da zellenähnliche Kammern Zimmer und ein bürgerliches Esszimmer schon ein Tanzsaal waren, konnte man Herrn Forsters Domizil nur als Bungalow-Laube bezeichnen. Ursprünglich war die Unterkunft ein Behelfsheim für im Kriege Ausgebombte gewesen, erst lange nach demselben hatte Herr Forster es erworben und die Bretterwände mit Ziegelmauern umgeben, es »wetterfest« gemacht, sodass die Bretter nun die innere Verschalung bildeten und zugleich gegen Kälte isolierten. Es bestand aus zwei Räumen, einem Wohnzimmer und einem Schlafzimmer, welche man von einem kleinen abgeteilten Vorraum her betrat, der auch als Küche diente. Barthold jedenfalls befand sich, ohne dass ihm der Weg dorthin bewusst geworden wäre, unvermutet an der Rückseite von Forsters Hütte, denn diese kehrte sie auch Bartholds Grundstück zu. Der trennende Zaun war längst umgefallen, beseitigt und im gegenseitigen Einverständnis nie wieder errichtet worden. Wilder Wein wucherte über den mürben verblichenen Putz bis zum niedrigen, teerpappebenagelten Dach und löste die Geometrie der Fenster rundherum romantisch auf. Das Wohnzimmer zeigte sich aufgeräumt und leer, wie Barthold feststellte; er trat ein, zwei Schritte an der übergrünten Fassade entlang, und lugte vorsichtig, um den möglicherweise noch Schlafenden oder im Bett Dämmernden nicht zu erschrecken, zwischen den Ranken hindurch ins Schlafzimmer. Aber Herr Forster schlief nicht mehr, obwohl er noch im Bett lag, auf dessen Kante, ihr Profil dem Fenster zukehrend, Margarete Helene Platz genommen hatte. Seltsamerweise bewegten sich beider Lippen nicht, wodurch kenntlich wurde, dass kein Gespräch im Gange war. Barthold wollte bereits aufatmend ans Fenster klopfen, beruhigt, dass sich keine Katastrophe ereignet hatte, da bemerkte er, was die erste Reaktion der Beruhigung sofort in Beunruhigung verwandelte. Auf den zweiten Blick und nach genauerem Hinsehen stellte er fest, dass Margarete Helene die Hand bis zum Ellenbogen unter der Bettdecke hatte, unter welcher Herr Forster ausgestreckt ruhte. Ein Zittern in den Knien, in den Muskeln der Oberarme, signalisierte, dass Unglaubliches vorfiele. Zugleich erstarrte Barthold, aber die Aufmerksamkeit der beiden im Raum schien derart von allem Äußeren abgelenkt, dass kein unruhiger oder wachsamer Blick sich dem Fenster zuwandte, durch das Barthold jetzt bemerkte, dass nicht nur Margarete Helene die Hand unter der Bettdecke hatte, sondern Herr Forster ebenfalls die seine unter Margarete Helenes Gartenkittel, dessen Saum übers Knie bis zur Mitte des Schenkels hinaufgerutscht war. Unter dem grünlichen, entfärbten Kittelstoff bewegte sich die Hand gleichmäßig, wobei Herr Forster Margarete Helene anschaute, indessen sie über ihn hinweg auf die Wand hinter dem Kopfende des Bettes starrte, wo weder ein Bild noch sonst etwas Betrachtenswertes hing. Die Zeit stand still. Ob für Minuten oder Jahre, hätte Barthold kaum sagen können, nur dass der Anblick ihn in zwei Personen aufspaltete: In eine, die mit eisiger Nüchternheit die Szene registrierte, und in eine andere, die davon fasziniert und betäubt war, weil diese beiden Bartholde sich körperlich nicht trennen konnten, verharrten sie trotz ihrer krass-konträren Empfindungen, durch den bipolaren Spannungszustand gelähmt, aktionsunfähig an Ort und Stelle. Drinnen waren die Hände weiter an der Arbeit. Jetzt tauchte auch Herrn Forsters Linke von irgendwoher auf, ergriff den oberen Rand der Bettdecke und schlug sie zurück, wobei er sich völlig ungeniert entblößte; mit nichts anderem als einer blau-weiß gestreiften Pyjamajacke bekleidet, die bis zur Magenhöhe hinaufgerutscht war, präsentierte auf dem hervorhebenden Untergrund eines stark behaarten Unterleibes und Bauches einen Gegenstand von ungewöhnlichem Umfang und einer solchen Länge, dass Margarete Helenes Rechte sich nicht zur Faust schließen konnte und fernerhin eine ziemlich weite Strecke zurückzulegen hatte, um von der pilzartigen Verdickung am oberen Ende bis zur Wurzel zu gelangen, die sich in schwarzem Bewuchs verlor. Übrigens hatte sie ihre Aufmerksamkeit inzwischen dem Objekt ihrer Bemühung zugewandt, das sie nun, von keiner Bettdecke länger behindert, senkrecht aufrichtete, ohne dabei die Reibung einzustellen. Auch Herr Forster ließ den Blick von Margarete Helene und betrachtete dasselbe wie sie. Auf einmal sagte er irgendetwas, das durch die Scheiben nicht zu hören war, jedoch eine bestimmte Wirkung bei Margarete Helene auslöste, denn sie beugte sich über das fleischige Exemplar, näherte diesem unaufhaltsam ihren Mund, und sogleich verschwand darin der obere Teil. Herrn Forster gefiel das wohl, er lächelte, bewegte immer noch die Lippen, sprach lautlos vor sich hin, was Margarete Helene mit fortgesetztem pausenlosen Nicken beantwortete, mechanisch wie eine Uhrwerksfigur, die erst innehalten würde, wenn die Feder abgelaufen war. Unterdessen rückte Herr Forster sich in eine Lage, die es ihm gestattete, die Gartenkittelknöpfe zu erreichen und zu öffnen, was bald geschehen war und ein rosa Unterkleid zutagebrachte, dessen unteren Spitzenbesatz Herr Forster hochhob, immer höher, bis er weit über Margarete Helenes Bauchnabel den seidigen Stoff zusammenknüllte, damit er nicht wieder herabwalle, und jene Stelle bedeckte, der er sein ganzes Augenmerk zuwandte, wobei er sich leicht zur Seite neigte. Kaum hatte er Hand angelegt, vollführte Margarete Helene im Sitzen einen Spagat, wie er gymnastischer sich nicht denken ließ, wie man ihn nur von Spitzenturnerinnen gewohnt war, welche sich wohl der Obszönität dieser Übung niemals bewusst wurden. Er betrachtete mit fast wissenschaftlichem Interesse, was offen vor ihm lag, und als könne er es nicht glauben, untersuchte er es eingehend mit seinen massiven Fingern, sodass es für den Außenstehenden schien, als habe Forster nur noch vier Finger, der Ringfinger mit dem Siegelring, auf dem die Initialen ein unmodernes Weintraubendekor umgab, sei amputiert: Er tauchte aber wieder auf, um sogleich erneut zu verschwinden, und Barthold hätte schwören können, das Gold des Schmuckstückes wäre durch diesen Vorgang heller – wie geputzt oder gereinigt – geworden. Auf ein geheimes, ausschließlich den beiden hörbares Kommando ließen sie voneinander ab, erhoben sich und entledigten sich der Bekleidungsreste, dicht einander gegenüberstehend, um den Kontakt zu erhalten. Kaum lag der Unterrock auf dem Boden, begab sich Margarete Helene auf dem Laken in die gleiche Position, gefolgt von Herrn Forster, der sich als Bettdeckenersatz anbot und auch so akzeptiert wurde. Nur an seinen Seiten ragten in Hüfthöhe Beine vor, die ihn jedoch offensichtlich störten, da er sich auf die Knie aufrichtete, um sich links und rechts die Beine über die Schultern zu schwingen, wo sie ihn nicht mehr behinderten. Danach gab er sich einen Ruck, das verdickte Ende verschwand und alles weitere auch, um sofort wieder ans Licht zu treten, blinkend und wie frisch poliert. Diese Bewegung behielt er bei, steigerte aber sein Tempo immer mehr, dass man, hätte man die kinetische Energie und die Reibungswärme in Elektrizität umwandeln können, wohl ein ganzes Dorf damit hätte beleuchten können. Doch dauerte es nicht lange, endete die Dynamik, Immobilität setzte sich nach einigen letzten schwachen ziellosen Schwingungen durch, und das Dorf fiel in Dunkelheit zurück. Herr Forster ließ die Doppellast müde von seinen Schultern gleiten und neigte sich tief über den dazwischen befindlichen Mittelpunkt, vielleicht in der düsteren Ahnung, dass es keine ewige Wiederkehr, keine Wiedergeburt gäbe und dass er möglicherweise sein Karma verfehlt habe. Ob er nur so kurzsichtig wie neugierig war oder gar zu jenen dubiosen Erscheinungen gehörte, deren manischer Geiz sie zwingt, alles zurückzunehmen, was sie je wegzugeben gezwungen waren, entzog sich jeder Entscheidung, weil Barthold sich in seinem eigenen Bett wiederfand, nichtsahnend, wie er heimgekommen war, eventuell blind von dem, was er erblickt oder zumindest zu erblicken gemeint hatte. Er hob die Lider, weil Margarete Helene, auf seiner Bettkante sitzend, seine Schulter berührte und ihn fragte, ob er wieder eingeschlafen sei und wie er sich fühle? Im Gegenteil, entgegnete Barthold scharf und bedeutsam, mit einem Ausdruck, der Margarete Helene hätte mitteilen müssen, dass er alles, alles wisse. Sie lockerte ihm leichthändig den Schlips, wobei sie sich erkundigte, ob er sich selber erwürgen wolle, so eng sei ja die Krawatte gezogen! Er sei ja noch ganz rot im Gesicht! Barthold atmete schwer und stellte dann seine Frage, wo sie so lange geblieben sei.

Sie jedoch sah ihn an wie ein krankes Kind, das durch sein Leiden von vornherein entschuldigt ist, und meinte:

»Lange? Ich war doch bloß fünf Minuten fort. Herr Forster war nämlich gar nicht zu Hause, ich konnte ihm nicht Bescheid sagen ...«

Wie Margarete Helene es sich nach dem Erwachen vorgestellt hatte, wollte sie nun Barthold alles gestehen, durch seine sexuelle Aufgeregtheit kam es jedoch nicht dazu. Statt auf ihren Vorschlag, besser erst einmal etwas zu essen, einzugehen, befahl er sie aufs Bett und in eine Position, welche ihr für eine gynäkologische Untersuchung angemessener schien, doch sie duldete alles und alles weitere, denn sie wertete es als Zeichen völligen Verzeihens, obwohl sie das Bedrückendste, die Fortgabe der Knochen, überhaupt noch nicht gebeichtet hatte und befürchtete, danach würde die Verzeihung wieder dahin sein. Erst als Barthold atemlos nach Luft schnappte wie ein Asthmatiker, kam sie darauf zurück, dass er dringend eine Mahlzeit benötige, die sie sogleich in der Küche herstellen und ihm ans Bett bringen werde. Außer einem allerletzten Aufschub gewährte ihr der volle Magen Bartholds späterhin die Chance, dass der Verdauungsvorgang seine Zorn-Energien aufzehren und ihr auch für die Knochen-Geschichte Pardon gegeben würde. Immerhin schien die Gesamtsituation ohnehin zu ihren Gunsten verändert, da bei weiterbestehender Spannung kaum an körperliche Berührung zu denken sei. Als Barthold schwach ihren Speiseplänen zustimmte, entschlüpfte sie dem Bett. Vollzog im Bad eine hastige Waschung, um die Spuren der heftigen Vereinigung zu beseitigen – sie war ein hygienebewusster Mensch – und eilte danach die Treppe hinab in die Küche. Ihre Laune gehoben durch Bartholds Aktivität, welche sie der Rückkehr zum gewohnten Status ihrer Ehe gleichsetzte, stieg ständig an. Der Speck, »Dresdner Frühstücksspeck«, ungesalzen, in sich zur Rolle gewickelt, von der die glasig werdenden Scheiben abgesäbelt waren, duftete schon durchs ganze Haus, Zwiebelringe gesellten sich ihm bei, und zuletzt ergoss sich über das Gebrutzel die gelbe Überschwemmung eingeschlagener Eier; grobes Brot wurde in dünne Schnitten geteilt, »Offiziersschnitten« wie ihre Großmutter sie genannt hatte, zwei Flaschen Bier aus dem inneren Fach der Kühlschranktür hervorgeholt, ein Tablett mit bunt gemusterten Papierservietten belegt (auch das Auge isst mit! Erster Grundsatz der Werbung), Teller, Gläser, Besteck; fast hätte Margarete Helene gesungen, als sie mit der appetitlichen Last und der sicheren Gewissheit, alles komme ins Lot, die Treppe emporstapfte. Barthold sorgte sich, wie immer, viel zu sehr; nichts wird so heiß gegessen wie gekocht, und sobald sich herausstellen würde, dass Elfis Knochen nicht Elfis, sondern irgendeines Schafes Knochen waren, erledigte sich auch das von selbst. Es handelte sich ganz sicherlich nicht um Menschenknochen; ihre sie ängstigenden Einbildungen hatte auf einmal, ohne dass sie den Zeitpunkt hätte markieren können, ein frischer emotionaler Wind weggeweht, sodass sie kaum noch glauben konnte, wie sie solch finstere Geschichte hatte ernst nehmen können. Was war denn geschehen? Eigentlich überhaupt nichts. Barthold hatte ihr einen wundervollen Ring zum Vierzigsten geschenkt, er hatte irgendwo ein paar missverständliche Worte geäußert, das würde sich bestimmt bald aufklären; sollen sie uns doch eine Weile unter Beobachtung stellen, dann werden sie schon merken: Wir kennen gar keine Ausländer! Und der junge Mann, dieser Inlands-Kundschafter bekäme sogar noch eine Rüge für seinen Übereifer! Dass Forster mit seinen Fotos im unrechten Moment hereinplatzen musste, ist seine eigene Schuld; alter geiler Bock der!

Die melodiösen Bekundungen ihrer gehobenen Stimmung auf den Lippen, stellte sie das beladene Tablett dem armen kranken Barthold auf die Oberschenkel, verkniff sich eine Bemerkung über seine Leidensmiene (noch hatte sie den zweiten Teil ihrer Beichte nicht vollzogen), nahm selber wieder auf der Kante Platz und reichte ihrem Gatten ein Glas Bier, schaumgekrönt, um seine empfindlichen Magenwände auf festere Nahrung vorzubereiten. Gierig schluckend schloss Barthold die Augen: Labsal, Nektar, Ambrosia und Manna in einem, so quoll es ihm entgegen, Heilung breitete sich durch seinen zerschlagen und zerbeult sich anfühlenden Körper aus. Es wirkte wie ein Zaubertrank, aus zittriger Schwäche wurde geruhsame Erdenschwere, das kreisende Chaos im Kopf, Puzzle visueller Elemente, deren Zusammensetzung stets aufs Neue künftige persönliche Widrigkeiten ergab, kam zum Anhalten und überzog sich mit einem sedativen Schleier, hinter dem alles Unangenehme für den Moment verschwand und fast unsichtbar wurde. Indem er Bissen für Bissen Nahrung aufnahm, zwischendurch quellenden Brotbrocken mit Bier die Speiseröhre hinunterhalf, beichtete ihm Margarete Helene den zweiten Teil ihrer unsinnigen Aktivitäten:

»Elfis Knochen!« Dem mittels Rührei, Speck, Brot geknebelten Gemahl erklärte sie nun, was damit gemeint gewesen und jetzt für sie selber unbegreiflich geworden sei; jetzt sei ihr klar, glasklar, es war eine psychotische Reaktion, Ergebnis gestörten Verhältnisses zwischen Margarete Helene und der Wirklichkeit; jetzt aber sei's überwunden, sie sähe ihr Fehlverhalten ein, das Barthold ihr verzeihen möge, da es nicht böser Absicht entsprungen, ja, überhaupt kein Akt klaren Bewusstseins gewesen sei. Sie ergriff seine butterverschmierte Rechte, ehe sie erneut einen Happen Rührei zum Munde transportieren konnte, und drückte sie zwischen ihre Brüste, wobei auf dem Gartenkittel Fettflecke entstanden:

»Du hast mir doch schon verziehen, sonst hättest du ja gar nicht mit mir! Ich habe dich überschätzt, ich meine, in meiner manischen Illusion, nicht in Wirklichkeit, da überschätze ich dich nicht, ich wollte sagen, das Wort ›überschätzen‹ ist falsch, im Grunde meine ich, ich habe mir eingebildet, du hättest etwas getan, was du nie tun würdest …!« Verheddert sich in der Absicht, präzise ihren vormaligen Zustand zu schildern, und kam über das Misslingen, ihre Phantasien zu verdeutlichen, nicht hinaus, wobei ihre gute Laune, wie sie merkte, abnahm. Es wäre ein Verbrechen gewesen, falls Elfi tatsächlich unterm Schuppenboden läge, zugleich jedoch ein übermächtiges Zeugnis unalltäglicher Leidenschaft, welche man natürlich nicht erwarten durfte, was nebenbei ein kleines bisschen enttäuschend war … Barthold hatte ihr immerhin verziehen, weniger durchs Wort als durch sein Verhalten, daher durfte sie ihm keine Vorwürfe machen, dass sie sich in ihm getäuscht habe. Es war ihre eigene Dummheit gewesen. Er war eben Archäologe, Wissenschaftler, zu wilden Gefühlsüberschwängen durch die einseitige Entwicklung seines Intellekts vermutlich gar nicht fähig. Schade eigentlich. Doch große Leidenschaften gab's sowieso heute nicht mehr; Barthold war eben kein Leander, kein Romeo, kein Abälard, nicht mal ein Tannhäuser, wobei ihr die Rolle der Frau Venus gelegen hätte. Keine übermächtige Passion war denkbar, nur ungeläuterte Triebe, brutale Zielstrebigkeit, bestenfalls reibungsloses Nebeneinander. Interessengemeinschaft, das dominiert heute: Wohnungsanspruch, Kredit, Kindergeld. Selbst jetzt noch, nachdem sie sich ihrer Wahnidee entschlagen, war sie unsicher, ob sie nicht doch bedauern sollte, dass Barthold keine Elfi ihretwegen aus der Welt geschafft hatte. Überlegt man es recht, so bestand der gravierende Unterschied zwischen Mann und Frau nicht in biologischen Merkmalen, sondern darin, dass Frauen immer für die große, umfassende, einmalige Liebe bereit wären, Männer diese hingegen fürchteten und Bereitschaft immer nur für ein und dasselbe aufwiesen. Sie strich ihrem leidenden Barthold über die feuchte Stirn, das verklebte Haar: armer schwacher Barthold, unfähig, starke Emotionen auszuhalten, keine Kondition im Nehmen, vom Geben ganz zu schweigen. Hingabe: Das brachten sie höchstens für irgendetwas Abstraktes zuwege, und die Ergebnisse waren auch danach. Mit der unzweifelhaften Sicherheit unbewusster Erkenntnis, die sich in einem bis zu Tränen nähernden Bedauern für Barthold und alle anderen Männer kundtat, wusste Margarete Helene, dass die maskuline Welt verloren war. Für diese Geschöpfe bestand keine Rettung. Anachronistisch, wie sie waren, gab's für sie kaum noch eine Chance des Überlebens. Es sei denn. Es sei denn, alle Verhältnisse würden gründlich umgekehrt. Aber geschah das nicht, und würden fernerhin Frauen darin ihre Gleichberechtigung suchen, wie ihr armer Mann zu sein, dann: Prost Mahlzeit!

»Wie fühlst du dich, Barthold? Besser?« Jawohl: Barthold gab die Besserung zu, zugleich aber auch erneute Müdigkeit, und ging auf den Vorschlag, noch ein Stündchen wegzuduseln, sogleich ein:

»Aber du legst dich auch hin und schläfst ebenfalls!« Zwar hätte sie unterdessen gern die ersten Attacken gegen das Durcheinander im Wohnzimmer unternommen, doch Bartholds Stimme klang gebieterisch entschlossen. Da er ihr verziehen hatte, ohne es ausdrücklich zu bestätigen, hielt sie es für gescheiter, sich zu fügen, kroch neben ihn unter die Decke und drückte sich an ihn: Frau Venus kommt zu dir, mein Freund, deine Julia und Heloise, deine Penelope und Hero!

Vergeblicher Versuch, einzuschlafen. Morpheus verweigert Margarete Helene die Umarmung, welche Weltvergessen einschließt. Dass sie nun über die Vierzig hinaus und zu keinem eigenen Schicksal gelangt ist, mag der Grund dafür sein: Das Gedankenkarussell läuft, doch fehlt ihr der Standpunkt außerhalb des hermetischen Kreises, von dem aus sie zu erkennen vermöchte, dass eventuell ihre eigene Handlungsweise auf nichts basiert als einem unbewussten Drang nach eigenem Schicksal, nach etwas, das Zeit und Umstände ihr verweigern. Schicksal, selbst tragisches, ist Selbsterleben über die Konfektionsgröße hinaus. Aber nachdem sie sich vorhin noch über Bartholds und seinesgleichen maskuliner Talentlosigkeit zur Empfindungsstärke innerlich erhaben geglaubt hatte, fragt sie sich nun selbst, ob der Mangel an Schicksal nicht einen Mangel des Individuums voraussetze, das keinerlei Fertigkeiten entwickelt hat, um aus seinem täglichen trostlosen Einerlei den Funken zu schlagen. Der sogenannte Mensch ist endgültig in die Voyeurrolle gedrängt worden, nimmt gekränkt und lamentierend wahr, dass er es selber ist, dem man sein Leben aus der Hand genommen hat, das letzte, was er zu besitzen meinte. Margarete Helene wurde klar, wieso es kein Schicksal mehr gebe: Weil wir alle zu vorsichtig sind! Vorsicht ist unsere zweite Natur geworden! Darum sind auch alle Bücher langweilig. Vorsicht und Literatur vertragen sich nicht, unsere Angst, anzuecken und Ärger zu kriegen, bringt uns um die Lebensintensität. Aus keinem anderen Grunde sind wir kaputt. Bei jedem Schritt der möglichen Folgen gedenken; so kommt man überhaupt nicht von der Stelle. Wenn man das weiter bedachte, kam man zu einer allgemeinen Erfahrung, die man nicht loswurde. Man erkennt die Last, von der man niedergehalten wird, und sieht doch keine Möglichkeit, sich ihr zu entziehen. Für jede Vergangenheit gaben Experten weitschweifige Erklärungen, warum dem Einzelnen Selbstverwirklichung verwehrt war. Bloß für die Gegenwart erklärte das gar nichts. Und ob die Klassenunterschiede zwischen Tellheim und Minna zu mächtig waren, um ihnen die Verbindung zu gestatten, interessiert mich für keinen Sechser. Und heute? Da sagen sie uns was von den Interessen der Allgemeinheit. Gemeinnutz geht vor Eigennutz. Die höheren Ziele. Immer dasselbe. Und Jahr um Jahr fliegt davon, mit zunehmender Geschwindigkeit, ohne dass was von den grandiosen Verheißungen greifbar würde. Was hat man mir alles eingeblasen, als ich zwanzig war! Margarete Helene schämte sich noch immer für das Mädchen, das sie einst gewesen und das ihr so fern gerückt war, dass sie es nur noch mit Staunen und Erschrecken hinter sich im Sog der Zeit ansehen konnte, eine Harpyie, die ihrem gebrechlichen Fahrzeug folgte. Leichtgläubig und damit gefährlich, das war sie gewesen. Alle Versprechen hatte sie als bare Münze akzeptiert und als Wechselgeld wieder herausgegeben. Auf ihrer Arbeitsstelle, einem Bezirksamt in Berlin-Mitte, als Sachbearbeiterin, hörte sie sich das große Wort schwingen. Wer ihre Phrasen nicht teilte, über den fällte sie das Urteil: Passt nicht in die neue Zeit! Fataler Spruch, weil darin mitschwang, der solchermaßen Disqualifizierte sei aus ebendieser neuen Zeit zu entfernen. Auch klang in solcher Formulierung eine viel zu spät eingesehene Diskreditierung dieser neuen Zeit mit, da sie besagte, die neue Zeit bedürfe der Angepassten, Eingepassten. Du passt nicht in die neue Zeit – wie oft hatte sie in Diskussionen das als letztes Argument benutzt, und damit die eigene Kompetenz, die eigene Urteilsfähigkeit auf etwas so Nebulöses wie diesen Begriff abgeschoben; dabei war sie sich selber noch großartig vorgekommen, als gewandter Dialektiker, geschickter Agitator, der zufrieden war, wenn er das letzte Wort behielt und die anderen schwiegen: Da konnte er sich einreden, er habe recht und die andern besäßen keine rationalen Trümpfe mehr. Heute wusste sie, das Schweigen stammte aus der Vorsicht. In jeder dieser sogenannten Diskussionen erreichte man sehr schnell den Grenzwert, über den hinaus derjenige, der seine Ansicht äußerte, damit rechnen musste, dass die neue Zeit an ihm sehr alte Maßnahmen exemplifizieren würde. Und es waren ebendiese alten Methoden, Steinzeit, liebe Helene, die das Neue an der neuen Zeit rasch abwuschen. Und der Kreis der in sie Passenden schrumpfte immer mehr zusammen. Damals keimte in ihr das bürgerliche Rudiment des Zweifels auf, der sich in kritischen Äußerungen kundtat: so musste sich eines Tages Margarete Helene selber vorhalten lassen, was sie bis dahin selber anderen vorgeworfen hatte. Glücklicherweise bestand bereits ihre Verbindung zu Barthold, und weil sie beide ohnehin heiraten wollten, verlegten sie den Termin vor. Margarete Helene konnte es sich leisten, die Anklagen gleichmütig hinzunehmen, die Vorwürfe an sich abgleiten zu lassen, den Ritus, der darin bestand, dass eine Reihe mechanischer Puppen aufstand und wortwörtlich dieselben Sprüche herunterbetete, als solchen hinzunehmen, wie man eben als Unbeteiligter in einer Kirche unter Frommen weilt. Der Ausschluss aus der Gemeinschaft kratzte sie kaum, sie hielt es eher für ein Äquivalent, mit dem ihre vorherige Dummheit in dieser Sache ausgeglichen wurde: Nun war man quitt. Auch das war übrigens kein Akt des Schicksals gewesen. Sie spürte Bartholds Körper, Bierdunst und Zwiebelgeruch, es kam ihr vor, als läge sie völlig allein auf einem fremden Planeten, ohne Beziehung zu irgendwem; keiner ahnte, dass sie auf diesem Mars oder Merkur ausgesetzt worden war, wo sie gar nicht hingehörte.

Immerhin: Barthold hatte ihr verziehen. Obwohl sie ihn ganz gut zu kennen glaubte, erlebte sie oft unerwartete Reaktionen seinerseits, von denen sie sich verwirren ließ, weil sie nicht orten konnte, ob sie seiner Persönlichkeit entsprächen oder das Ergebnis von Schlussfolgerungen seiner intensiven Leseerfahrungen darstellten. Am meisten tat ihr jetzt leid, dass sie den Band Montaigne weggeworfen hatte, weil ihn das am stärksten gekränkt haben musste, was er zwar nicht erwähnte, aber sicherlich noch auf irgendeine Weise an ihr auslassen würde. Nicht dass er rachsüchtig wäre, doch reagierte er nach dem Motto »Elephants never forget«, ohne deren dicke Haut zu besitzen, im Gegenteil: so dünn, dass ihn vieles lange schmerzte, und er diesen Schmerz anderen zu vermitteln suchte. Das stand ihr noch bevor. Das musste sie in Kauf nehmen. Verlassen wollte sie ihn ja keineswegs. Abgesehen von ihrem Alter und dem schwarzen Kreuz in ihrer Kaderakte, diesem ewigen Stigma, das einen Menschen lebenslänglich durch die neue Zeit bis ins Jenseits begleitete, wo es möglicherweise fortbestand und ihr die Chance nahm, zu den Seligen zu gehören, was sie vom Genuss des göttlichen Manna ausschloss. Einmal ausgeschlossen – immer ausgeschlossen! Sie musste sich mit dem Teil Bartholds zufriedengeben, den er aus dem Institut nach Hause brachte; er war eben nur zu vierzig oder fünfundvierzig Prozent anwesend, der Prozentsatz schwankte, als Totalität tauchte Barthold niemals bei ihr auf. Immer waren Vorbehalte da und Abwesenheit. Ein torsohafter Mensch, ihr Mann. Und wenn sie jetzt die Augen öffnete, was sie auch sogleich tat, um zum x-ten Male von seinen meist ausdruckslosen Zügen abzulesen, was er wohl denken mochte, blickte sie ihm in die ebenfalls offenen Augen, rötlich gefärbt vom Exzess des gestrigen Abends:

»Was denkst du, Barthold? Sag's sofort!« Das alte Spiel. Ein Spiel für Falschspieler. Es wird stets mit gezinkten Karten gespielt. Die geforderte Aufrichtigkeit wird niemals erreicht. Statt offen zu bekennen, er habe gedacht: Ich muss in Zukunft vorsichtiger sein; ich darf mich von bloßen Wörtern nicht hinreißen lassen; nicht den Kopf hinhalten für einen toten Autor, der persönlich nicht zu belangen ist!, was eigentlich eine gewisse Zustimmung zu Margarete Helenes Radikalismus gegenüber Montaigne enthält, spricht er eben aus, was er für solche Fälle parat hat, der Falsifikateur:

»Dass ich als Kind, als kleiner Junge, mir immer ausgedacht habe, ich würde in einer rundum geschlossenen Kugel leben, in absoluter Sicherheit, unerreichbar für bissige Hunde, ältere Rowdys, Lehrer, Eltern. Außerdem könnte ich mit dieser Kugel sowohl fahren wie auch fliegen, sogar wie ein Schiff schwimmen und tauchen wie ein U-Boot. Die Kugelhülle wäre bombenfest, und von meiner Seite her durchsichtig und auch an einer Stelle durchlässig, wo ich mein Maschinengewehr installiert hätte, um die dauernd verletzte Gerechtigkeit auf der Welt wieder herzustellen. Ich war so eine Art Old Shatterhand. Meist malte ich mir Kugel-Abenteuer abends vor dem Einschlafen aus ... Hast du dir solche Sachen nie erträumt?«

»Ich habe mir immer gewünscht, Königin zu sein. In einem wunderbaren Schloss. Alle würden mich beneiden, die andern Kinder, deren Eltern und die Leute in meiner Straße. Jeder müsste meinem Befehl gehorchen ...« Und während beide mit den Nasen zueinander liegen, erblüht im Gespräch über jene ferne Vergangenheit ein Gemeinschaftsgefühl zwischen ihnen; wie im Zeitraffer wächst es auf, entfaltet breite Blätter, verästelt sich, überwölbt sie, dass sie fast dahinter verschwinden: vorbehaltloses gegenseitiges Verständnis, *Concordia* der Name solcher Pflanze, nahrhaft, ohne das Alkali des Argwohns. In der Erinnerung an ihre Kindheit begegnen sich zwei Menschen im Zustand vor der Deformation. Sie treffen sich im *verlorenen Paradies*, wo man einander ohne Arg ge-

genübertritt, wo eine Ahnung, eigentlich nur ein Wohlgefallen, das unverständliche Signal vermisster Idealität des Verhältnisses bedeutet. Jetzt jedoch, begünstigt von der körperlichen Schwäche, ist auch die innere Formiertheit beider schwach geworden und gestattet es, einander näherzukommen, und zwar nur auf einem schmalen, aus der persönlichen Vergangenheit kommenden, fast überwachsenen Pfad, welcher ausschließlich unter bestimmten Aspekten, bestimmten Lichtverhältnissen sich zeigt, genauso wie die versunkenen Anlagen auf Bartholds Luftaufnahmen. Unter der natürlichen Oberfläche deuten sich frühere Strukturen an und beweisen, was verschüttet wurde und verlorenging. Ähnlich wie diese archäologischen Tatsachen betrachten beide vielleicht einander, ohne die Ähnlichkeit mitzubedenken. Unter ihrem Gespräch – mehr ein Monolog mit verteilten Rollen – kommen Kindheitsmuster zum Vorschein, die Grundlagen ihrer eigenen späteren Erscheinung. Und es hört sich an, als sprächen sie über gestrige Geschehnisse, nicht über weit zurückliegende; wenn einerseits der Schatten der Großmutter beschworen wird, ihre Schreckensberichte von abgefahrenen Kinderbeinen, verbrannten Kleidern und Leibern bei verbotenem Hantieren mit Streichhölzern; andrerseits von innigen Aufenthalten in Kellerräumen, vollgestopft mit Kram, seltsam riechend, nach Mäusekacke und Naphthalin, was den Knaben Barthold zur Exkretion anregte; wie er dastand, die warme Masse in eine alte Zeitung gewickelt, wohin bloß damit, und alles einfach unter die Lattentür des Nachbarn schob, was später, wie er vernahm, für die Tat eines Stadtstreichers, eines Penners, gehalten wurde. Nach solchen Exkursionen ins Gestern zieht Ruh in die Gemüter, wie auf

Verabredung wird danach keiner der aktuelleren Vorfälle mehr erwähnt, indessen man, da Schlaf unerreichbar, nach Recken, Räkeln, Sichdehnen und Strecken das Bett verlässt, um den bereits sich neigenden Tag mit Aufräumarbeiten zu beenden. Und ist dies nicht wertvoller als alle Beteuerungen, wenn Barthold Margarete Helene verspricht, er würde das Geschirr abwaschen?

Er hält sein Wort: In der Küche stehend, umgeben von verklebten, überkrusteten Tellern, Tassen, Gläsern, Löffeln, Messern, Gabeln, das Handtuch professionell über die linke Schulter geworfen, den Schaumschwamm in der Rechten, beseitigt er die mahnenden Merkmale des gestrigen Abends, während seine Frau mit dem Staubsauger vom Wohnzimmerteppich die Spuren der Gäste zu entfernen sucht. Eifrig und schweigend arbeitet jeder vor sich hin, befasst mit Gedanken, in die sich zu vertiefen die Reinigungstätigkeit verhindert. Nur oberflächlich berührt man noch einmal das Gewesene, wobei Margarete Helene nahezu ihre innere Konstante erreicht hat, Barthold hingegen wegen des verstörenden Besuchs und dessen möglichem Folgenreichtum noch immer Beunruhigung empfindet, die von einer überlagert wird: Ob nämlich das, was er durch Forsters Fenster gesehen, ja, miterlebt hatte, unbestreitbares Geschehen war oder nur etwas wie eine dämmrige Vision, vergleichbar den visuellen Delirien des Trinkers. Nicht allein das Erblickte beunruhigt ihn, weil daraus, falls real, sich ein weiterer Verrat ergäbe, es beunruhigt ihn zusätzlich die Ungewissheit über den Charakter des Beobachteten; als negative Krönung dessen die vollkommene Aussichtslosigkeit, jemals herauszukriegen, ob es sich um Halluzination oder Wirklichkeit gehandelt habe. So stand er am Ende vor dem sauberen Geschirr, den gescheuerten Töpfen und der mühselig gereinigten Springform wie zu Beginn. Nachdem er alles in den Küchenspind geräumt, ging er ins Wohnzimmer, wo Margarete Helene das Ansatzstück des Schlauches aus dem Gerät zog, mit einem deutlich umklammernden Griff der Hand ums dicke graue Kunststoffrohr, was seine Halluzination oder Empirie wie mit einem Stromstoß aufleben ließ.

»Nein, Barthold, jetzt nicht, nicht schon wieder ...!« So Margarete Helene, sobald sie seinen Blick bemerkte: »Geh in den Garten, geh an die Luft, ich muss Ordnung machen ...«

Barthold wandte sich ab, durchquerte langsam den Flur, in dem es, wie ihm schien, immer noch nach kaltem Zigarren- und Zigarettenqualm stank, und stolperte die beiden Stufen hinunter auf den Kies, der sich an seinem Gartengang mit lärmendem Knirschen beteiligte.

Das war der Platz: als hätte hier nie ein Schuppen gestanden. Eine fahlbraune Fläche im Grün des umgebenden ungepflegten Rasens. Wie sie nur darauf kommen konnte, dass er Elfi hier ... Seltsam, was sich Frauen einreden; vermutlich das Klimakterium: jetzt war's wohl so weit. Das ließ für die nächste Zukunft einiges befürchten: das Elfi-Trauma als Anfang, und wer weiß, was sie sich als nächstes suggerierte. Und wie intensiv musste solche Suggestion in ihr wirken, dass sie zum Handlungsantrieb wurde.

Barthold hockte sich an dem umgegrabenen Besitztums-Bruchteil nieder, weil er etwas entdeckt hatte, das seine Aufmerksamkeit alarmierte. Mit den Fingern fuhr er in die oberflächlich trockene Krume, um einen ebenfalls erdfarbenen Scherben aufzupicken, als habe ihn das häufig beobachtete Verhältnis Vogel-Wurm zur Nachahmung angeregt. Ton. Natürlich: Das war Ton. Ein Scherben vom Rand eines Gefäßes. Die obere Randkante sorgfältig geglättet, die Bruchkanten, ein stumpfer Winkel im spitzwinkligen Dreieck, schon abgeschliffen, entschärft. Der Bruch musste vor langem entstanden und nicht erst durch Margarete Helenes gärtnerische Tätigkeit hervorgerufen worden sein. Keine Glasur. Das ließ auf ein ganz schönes Alter schließen. Ob sich nicht eine Analyse empfahl?

Zum Beispiel sollte der Beschreibung des Farbtons die Skala der Munsell-Bodenfarben-Karten zugrunde gelegt werden. Untersuchungen feiner Materialproben mit Hilfe der Mikroskopie und anderer Verfahren können Aufschluss über die Art der Herstellung, zett-beh auch über die zum Magern verwandten Materialien, vermitteln, Klammer auf: unter »Magern« versteht man die Zugabe verschiedener Zuschläge zur keramischen Masse, um beispielsweise deren Plastizität herabzusetzen, damit sie sich vor dem Brand und beim Brand nicht verformt, Klammer zu. Auf ähnliche Weise wurde das Geheimnis der *Terra sigillata* gelüftet. Auf der Untersuchung von Keramikproben beruht auch die Altersbestimmung mit Hilfe der Thermolumeniszenz; schließlich gibt nochmaliges Brennen Aufschluss über das ursprünglich angewandte Brennverfahren und so weiter und so fort: Denkbar immerhin, dass das, was Margarete Helene »Elfis Knochen« genannt, viel älteren Datums wäre, so alt, dass es diesem zufolge in Bartholds Berufsbereich fiele. Punktum. Der Scherben zumindest legte nahe, Margarete Helene habe, woraus ihr kein Vorwurf zu machen war, eine steinzeitliche oder bronzezeitliche Begräbnisstätte zerstört.

Vorausgesetzt, es handelte sich tatsächlich um eine, denn seit jenem spott- und hohneinbringenden Irrtum vor ein paar Jahren hatte sich Bartholds Selbstvertrauen in sein Erkenntnisvermögen nie mehr recht gefestigt; in entscheidenden Situationen, vor der Alternative konkreter wissenschaftlicher Bestimmung eines Gegenstandes als Artefakt oder Naturprodukt, befielen ihn sofort Zweifel und Unsicherheit. Er suchte solchen Gefahren aus dem Wege zu gehen und befasste sich lieber mit dem Ausbau gesicherter Ergebnisse. Diese plötzliche, ihn überkommende Entscheidungsschwäche war furchtbar. Als sei er erblindet und verblödet, saß er schwerfällig auf seinen Unterschenkeln da, den Scherben vor Augen; als einziges war ihm gewiss, dass Lähmungserscheinungen des Intellekts in solchem spezifischen Falle eigentlich berufsunfähig machten. Ob man damit Invalidenrentner werden und gen Westen reisen konnte? Wohl kaum: Für die subtileren Sorten von Versehrtheit gab es unter den vielen Organen dieses Landes keines, das dafür empfänglich gewesen wäre. Er täuschte andere darüber hinweg, dass er – wie Kinder in den Mustern der Tapete – auf den Rissen im Putz komplizierte Genrebildchen erkannte und auf dem natürlichsten Brocken noch ein Signet von Menschenhand erblickte. Hätte er nichts über Bernardo da Silva Ramos erfahren, er wäre über seinen geheimen Mangel noch betroffener gewesen als ohnehin.

Aber Dr. Gruse, von einem Kongress in Südamerika zurückgekehrt und darüber referierend, hing damals ein ironisches Nachwort an seine Ausführungen, das, obgleich nicht so intendiert, Barthold sofort auf sich und sein Versagen bezog: Bernardo da Silva Ramos, so Dr. Gruse, entdeckte in den Urwäldern Brasiliens, welche er zwanzig Jahre lang auf Expeditionen durchforschte, zweitausendachthundert Inschriften auf Steinen, darunter phönizische und griechische, die belegten, dass die frühen kühnen Seefahrer des mittelmeerischen Kulturkreises sogar über den Atlantik gelangt und somit Besiedler des bis dahin leeren Kontinents gewesen wären – doch stellte sich am Ende alles als Verwitterung heraus: das ganze mühsam zusammengetragene und archivierte *Scriptorium* – nichts als Erosionserscheinungen, wenn auch auf verblüffende Weise richtigen Buchstaben gleich. Ramos starb 1931, tief enttäuscht natürlich; sein auf eigene Kosten errichtetes Museum verstaubte und verfiel: So weit das Schicksal eines Forschers ebenso tragisch wie logisch, denn, Dr. Gruse hob den Zeigefinger steil, wer nur nach Belegen für fragwürdige Theorien Ausschau hält, der lässt sich leicht düpieren und schließt sich selber aus der seriösen Forschung aus. Barthold jedoch empfand großes Mitleid für Bernardo: Welch ein Entsetzen, am Lebensende festzustellen, man habe sich geirrt und alles vergeblich geopfert. Da kann man sich nur noch erschießen. Aber, das ergab sich für Barthold so selbstverständlich wie das B nach dem A: Wenn nun Bernardo doch recht gehabt und nur, weil seine Entdeckung das bisherige Geschichtsbild der Archäologie in die Luft gesprengt hätte, durch eine schweigende und keiner umständlichen Verabredung bedürfende Verschwörung der Wissenschaftler um die Früchte seiner Arbeit gebracht worden wäre?

Wie war's denn damals mit Darwin, als die anerkannte Biologie, Zoologie, Anthropologie über den Evolutionstheoretiker herfiel, der, auf der verzweifelten Suche nach dem »missing link«, dem fehlenden Zwischenglied zwischen Affe und Mensch, wie man es damals ausdrückte, nichts Konkretes vorweisen konnte?

Bernardo war Barthold wie ein armer und ferner Bruder im Geiste vorgekommen, auch so ein Toter, dem man Unterkunft bei sich gewährte, der in einem hauste und umging, unerlöst, weil er auf Erden das Wichtigste nicht hatte vollenden können, und, wie im Märchen, zu seiner Erlösung, um für alle Ewigkeit zur Ruhe zu kommen, jemanden brauchte, der für ihn das Werk glücklich vollbrächte. Dafür wusste sich Barthold zu schwach und die Umstände zu mächtig.

»Suchen Sie Regenwürmer? Oder haben Sie etwa Gold gefunden? Oder Erdöl? Da könnten wir gleich Araber werden!« Barthold erschrak über die gewöhnliche Stimme dicht vor sich; wie ertappt aufschauend, gewahrte er Herrn Forsters Kopf, eine Faun-Maske, Vergnügen bekundend, über der die Grundstücke trennenden, dürftigen Hecke schwebend, das rechte Auge zugekniffen, Forderung und Offerte von Kumpanei gleichermaßen:

»Na, schon alle Bildchen durchgesehen? Das geht durch und durch, was? Da kriegt man Appetit, wenn man die aufgeklappten Dinger leuchten sieht!« Aus der Maske schob sich eine lange spitze Zunge, leicht belegt, mit dem Magen war was in Unordnung, weshalb er tat, als genieße er eine unsichtbare Eiswaffel:

»Brauchen Sie die Hefte noch? Seien Sie glücklich, Mann, Sie haben eine Frau, wie sie sich jeder wünscht, alles dran, wie man sieht, und ich muss mich mit Heftchen begnügen, bis mir die Hand einschläft!« Die Maske stieß ein Lachen aus, laut schallend, Barthold, geplagt von den vorigen Überlegungen, war's Traum, war's keiner, nickte nur stumm. Trotz der Unentschiedenheit strafte er Herrn Forster insoweit, als er ihm nicht den Beruf des jungen Mannes nannte, dem Forster so jovial die Hand geschüttelt; er würde die Folgen seiner Großsprecherei und anderer Taten, ob nun real oder nicht, schon merken! Sollte er doch selber sehen, wie er mit diesen Dingen fertig würde!

»Also, bis später!«, rief der Unwissende über die Hecke:

»Bringen Sie mir die Heftchen nachher rüber? Oder schicken Sie Ihre Frau damit?«, schoss ein Böllerlachen ab, ehe er sich verzog, von einigen gegenstandslosen Giftpfeilen gefolgt. Eigentlich war das das letzte, was er von Barthold sah, falls er sich recht erinnerte; nein, später doch noch einmal: Aus größerer Entfernung und zum Teil verdeckt von der kargen Hecke, asymmetrisches Flechtwerk, das partielle Einblicke in Bartholds Grundstück gestattete, dann auch wieder nicht, nämlich wenn man sich selber bewegte, war alles drüben verdeckt. Barthold habe ein bis zwei Stunden später mit einem Spaten auf dem Platz des ehemaligen Schuppens gegraben. Durch die Hecke war zu erkennen gewesen, wenn auch nur wie durch eine dichte Gardine, dass er bereits bis zum Bauch im Boden gestanden und gemächlich eine Schaufel Erde nach der anderen ausgeworfen habe, aber gerade in jene Richtung, wo Herr Forster wohnhaft und zuhause sei. Daher könne er mehr nicht sagen:

»Auch wenn Sie mir sonstwas versprechen, tut mir leid. Selbst wenn Sie mir versprechen würden, meine Hefte nicht zu beschlagnahmen, die letzten Freuden eines alten Mannes, Sie sind jung und wissen nicht, was das bedeutet, wenn man immer noch Bedürfnisse und selten

Gelegenheiten hat, jedenfalls häufiger das erstere als das zweite, das ist eine ganz verfluchte Sache, das drückt bis ins Gehirn, man denkt an nichts anderes mehr, da nutzt kein Bild von Marx, was soll man da also beobachten und bemerken, vielleicht geht es Ihnen auch mal so, junger Mann, dann werden Sie schon wissen, wie das ist, wenn man einem alten Mann ein paar Heftchen wegnimmt. Meinetwegen bestrafen Sie mich, weil ich ein Gesetz missachtet habe, na und, was können Sie mir schon tun, bis Workuta geht's ja wohl nicht mehr, ja, haben Sie denn überhaupt noch Platz, bei euch soll doch alles überbelegt sein, wie man hört, was heißt:

Ich soll nicht frech werden. Mir kann keiner, ich habe noch Kaiser Wilhelm gesehen, junger Mann, mit eigenen Augen, und Ebert, und Hindenburg, und Hitler und Marschall Tschinkow und Ulbricht, das ist eine ganze Latte. Ich sitz' dann eben ein Weilchen, dann kauft mich Willy Brandt für einen Zentner Apfelsinen; ich werde dann ›exportiert‹, ziehe nach Hamburg und kaufe mir so viele Heftchen wie ich will und gucke sie mir als lebendige Vorführung an, aber davon wisst ihr Jungen ja nichts, ihr kennt die Welt nicht mehr, das ist es. Wenn ich sage, ich habe von meinem Nachbarn nichts mehr gesehen, als ich gesehen habe, dann können Sie mir das glauben, und mit seiner Frau ist's dasselbe, nichts gesehen, nichts gehört, Sie kommen auch noch dahinter: Ich hab' ihn buddeln sehen und mir nichts dabei gedacht, wer denkt denn gleich an so was, und hab' mich hingelegt, jawohl, aufs Ohr, wie man zu sagen pflegt, weiter nichts. Weiter war nichts. Wie: das Buch? Ach, das Buch. Ist ein altes. Von einem Franzosen. Aber nichts drin, was Sie denken. Die müssen das vor'n paar Tagen weggeworfen

haben, ausgerechnet in meine Mülltonne, unsere Müll-
tonnen stehen da vorne nebeneinander, bloß durch die
Hecke getrennt, man kann rüber greifen und den Deckel
aufmachen; da hab' ich es drin gefunden und mir gedacht:
zu schade für die Kippe, bloß als ich es dann lesen wollte,
hab' ich nichts kapiert, alles lange Sätze, oder verstehen
Sie das? Hier steht: ›In gewöhnlichen und ruhigen Zeiten
ist man gewappnet gegen Schicksalsschläge von geringem
Ausmaß und gewöhnlicher Art; aber in dem Durcheinander, das bei uns seit dreißig Jahren herrscht, sieht jeder
Franzose, in seinem Privatleben wie in der allgemeinen
Politik, sich zu jeder Stunde vor die Möglichkeit gestellt,
dass sein Schicksal vollständig umschlägt; umso mehr
braucht er kräftige, haltbare moralische Stützen für seine
Widerstandskraft. Eigentlich sollten wir dem Schicksal
dankbar sein, dass wir nicht in eine weiche, schlaffe, faule
Zeit hineingeboren sind; jetzt kann mancher Mensch
durch sein Unglück eine gewisse Bedeutung erlangen,
dem das auf andre Weise nie gelungen wäre!‹ Begreifen
Sie das, junger Mann? Ich nicht.«

Geschrieben 1974/75

Penguin Random House Verlagsgruppe FSC® N001967

1. Auflage
Genehmigte Taschenbuchausgabe August 2021
by btb Verlag in der Penguin Random House Verlagsgruppe GmbH,
Neumarkter Str. 28, 81673 München
Copyright der Originalausgabe © 2019 Wallstein Verlag, Göttingen
Covergestaltung: semper smile, München
nach einem Entwurf von Wallstein Verlag unter der Verwendung
einer Zeichnung von Günter Kunert
Druck und Einband: GGP Media GmbH, Pößneck
mb · Herstellung: sc
Printed in Germany
ISBN 978-3-442-77006-9

www.btb-verlag.de
www.facebook.com/btbverlag

Thomas Brussig
Die Verwandelten
Roman

328 S., geb.
ISBN 978-3-8353-3605-6

Zwei junge Menschen verwandeln sich in Waschbären. Thomas Brussig macht daraus einen hoch komischen Gesellschaftsroman.

»Eigentlich eine tragische, ja entsetzliche Geschichte, die Brussig erzählt. Aber das habe ich gar nicht gemerkt, weil ich ständig lachen musste.«
Leander Haußmann

»Eine tierisch lustige und sehr bissige Satire auf die menschliche Natur in unserer unmittelbaren Zukunft.«
Brigitte

www.wallstein-verlag.de